꼭 가 보고 싶은 역사 유적지

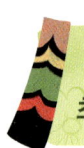

〈꼭 가 보고 싶은 역사 유적지〉는
초등학교 교과서의 이런 단원과 관련이 깊어요.

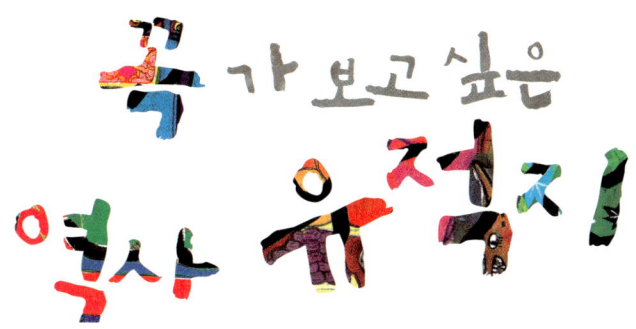

꼭 가 보고 싶은 역사 유적지

우리누리 글 ● 서선미 그림

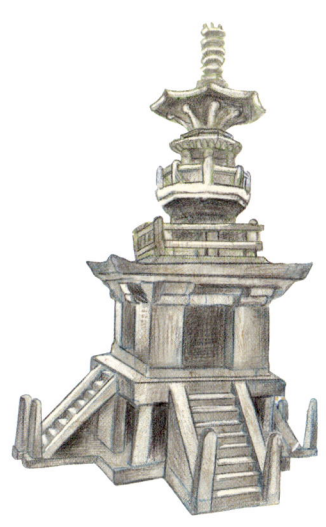

주니어중앙

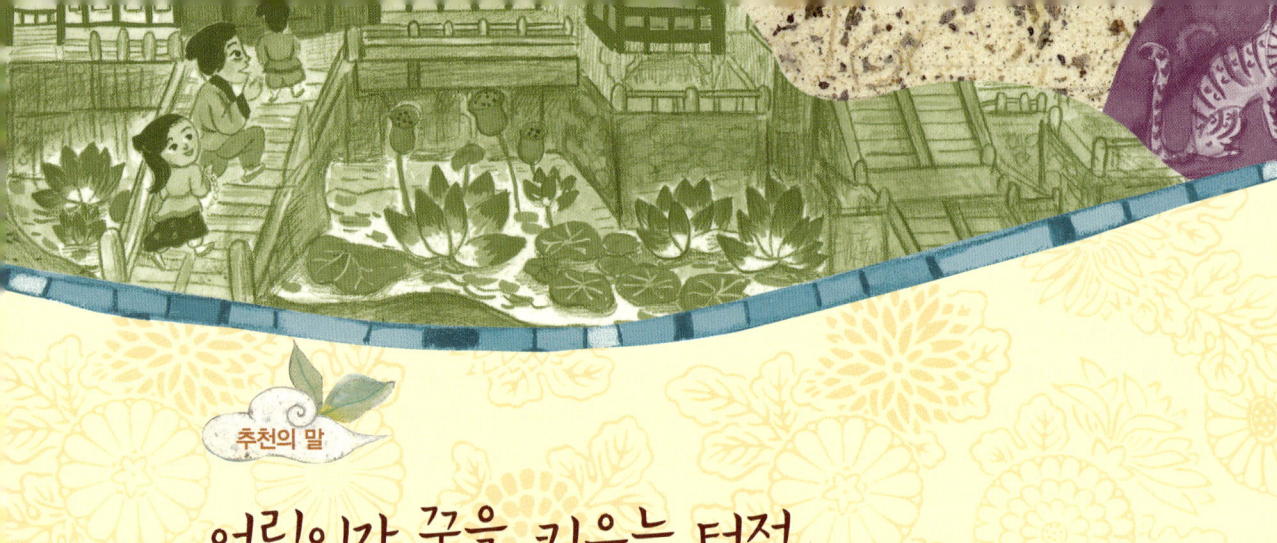

어린이가 꿈을 키우는 터전

꿈 많은 어린 시절엔 장대한 역사와 위대한 문화유산에 관한
책을 읽는 것이 좋다.
거기에는 어린이가 꿈을 키우는 터전이 있기 때문이다.
감수성 예민한 어린 시절엔 흥미로운 그림을 통하여
재미있게 이야기를 풀어간 책이 좋다.
그것은 시각적 인식을 통해 어린이의 상상력을 자극하기 때문이다.
『오십 빛깔 우리 것 우리 얘기』는 이런 필요조건을 갖춘
고급 어린이 교양도서라 할 만한 것이다.

유홍준
(전 문화재청장, 현 명지대 교수,
『나의 문화유산 답사기』 저자)

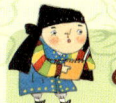 # 이 책을 추천해 주신 선생님들

● 전래놀이, 풍속과 관련된 수업에 활용하고 있습니다. 옛 풍속과 관련해서 요즘에는 잘 사용하지 않는 용어들이 있어서 아이들이 어려워하는데, 이 책에는 사진 자료와 함께 쉽고 정확하게 설명이 되어 있어 아이들이 이해하기 쉽게 되어 있습니다. — 손영수 선생님(가사초등학교)

● 아이들이 우리의 전통문화를 쉽게 접할 수 있도록 도움을 주는 소중한 자료입니다. 우리 학교의 독서 퀴즈 대회에서 매년 사용하는 책이랍니다. — 성주영 선생님(도당초등학교)

● 우리의 옛 풍습과 문화, 관혼상제 등에 대해 자세히 설명되어 있어 수업을 하기 전에 미리 읽어 오라고 하는 도서입니다. — 전은경 선생님(용산초등학교)

● 우리의 문화와 역사를 초등학생들이 이해하기 쉽도록 재미있는 옛이야기로 풀어낸 점이 가장 마음에 듭니다. 초등 교과와 연계된 부분이 많아 학교 수업에 많이 활용하는 도서입니다.

— 한유자 선생님(삼일초등학교)

김임숙 선생님(팔달초)	조윤미 선생님(화양초)	이경혜 선생님(군포초)	염효경 선생님(지동초)
오재민 선생님(조원초)	박연희 선생님(우이초)	박혜미 선생님(대평중)	이진희 선생님(수일초)
최정희 선생님(온곡초)	정경순 선생님(시흥초)	박현숙 선생님(중흥초)	김정남 선생님(외동초)
이광란 선생님(고리울초)	김명순 선생님(오목초)	신지연 선생님(개포초)	심선희 선생님(상원초)
문수진 선생님(덕산초)	정지은 선생님(세검정초)	정선정 선생님(백봉초)	김미란 선생님(둔전초)
김미정 선생님(청덕초)	조정신 선생님(서신초)	김경아 선생님(서림초)	김란희 선생님(유덕초)
정상각 선생님(대선초)	서흥희 선생님(수일중)	윤란희 선생님(안산시근로자시민문화센터어린이도서관)	

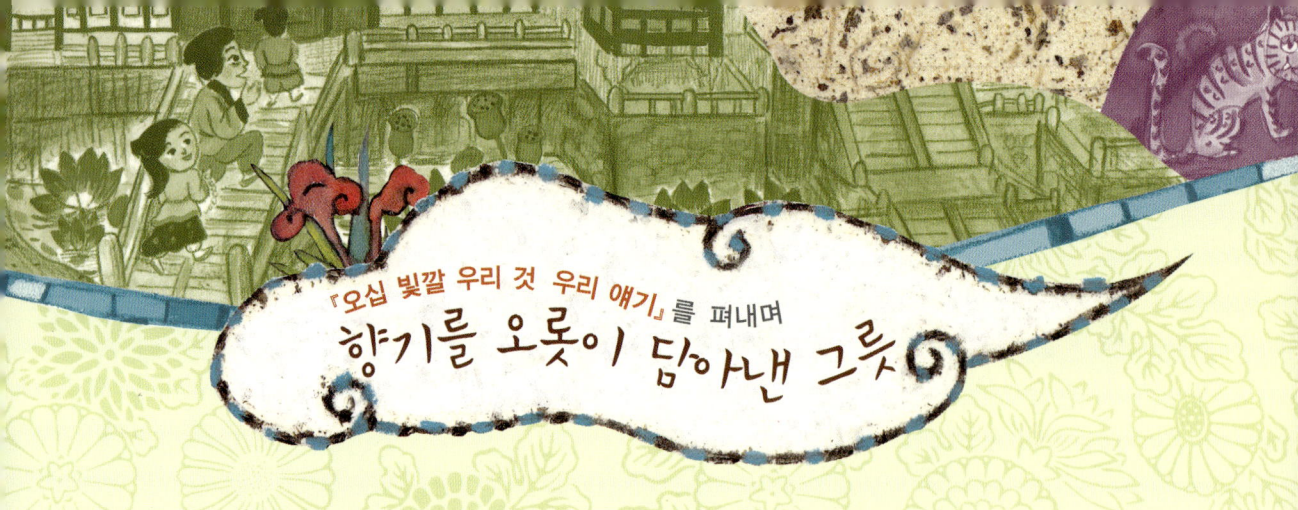

『오십 빛깔 우리 것 우리 얘기』를 펴내며

향기를 오롯이 담아낸 그릇

　　『오십 빛깔 우리 것 우리 얘기』 시리즈가 처음 출간된 지 어느덧 16년이 되었습니다. 그동안 수많은 어린이와 부모님, 그리고 선생님들의 사랑을 받으며 전 50권이 완간되었고, 어린이 옛이야기 분야의 고전(古典)이자 스테디셀러로 굳건히 자리매김해 왔습니다.

　　이 시리즈는 '소중히 지켜야 할 우리 것'에 대한 이야기를 어린이를 위해 '쉽고 재미있게' 풀어쓴 책입니다. 내용으로는 선조들의 생활과 풍습 이야기, 문화재와 발명품 이야기, 인물과 과학기술·예술작품 이야기, 팔도강산과 고유 동식물 이야기 등 우리나라 역사와 전통문화 모든 영역을 총망라하고 있습니다. 그리고 이를 50가지 주제로 엮어 저학년 어린이도 얼마든지 볼 수 있도록 맛깔나는 입말체의 옛이야기로 담아냈습니다. 장대한 역사와 위대한 문화유산을 배우기에 옛이야기만큼 좋은 형식도 없기 때문입니다.

　　대한민국 국민으로서 알아야 하고 전해야 할 우리 것, 우리 얘기는 아주 많습니다. 그동안 이 시리즈를 통해 많은 어린이가 우리 것을 알게 되고, 우리 얘기를 사랑하게 되었을 것입니다. 시간이 흘러도 역사와 전통문화의 향기는 변하지 않기 때문입니다.

하지만 저희는 그 향기를 담아내는 그릇이 그간 색이 바래고 빛을 잃었다는 사실에 가슴이 아프고 안타까웠습니다. 그래서 책에서 전하는 우리 것의 향기를 오롯이 담아낼 수 있는 새로운 그릇을 찾고자 하였습니다. 그 그릇을 통해 향기가 더욱 그윽해지고 멀리까지 퍼져서 수백 년, 수천 년 전의 우리 것이 오늘날에도 살아 숨 쉴 수 있도록 생명력을 주고자 하였습니다.

이에 몇 가지 원칙을 가지고 『오십 빛깔 우리 것 우리 얘기』 시리즈를 새롭게 출간하게 되었습니다.

◎ 원작이 가지는 옛이야기의 맛과 멋을 그대로 살렸습니다.

◎ 요즘 독자들의 감각에 맞추어 디자인과 그림을 50권 전권 전면 개정하였습니다.

◎ 교과 학습의 길잡이가 될 수 있도록 연계 교과를 표시하였습니다.

◎ 학습정보 코너는 유익함과 재미를 함께 줄 수 있도록 4컷 만화, 생생 인터뷰,
　묻고 답하기 등으로 내용을 재구성하였고, 최신 정보와 사진을 수록하였습니다.

◎ 도표, 연표, 역사신문, 체험학습 등으로 권말부록을 풍성하게 꾸며서
　관련 교과 학습을 강화하였습니다.

이 책을 처음 읽었을 8살 꼬마 독자는 지금쯤 나라와 민족에 긍지를 가진 25살 자랑스러운 대한민국 청년이 되었을 것입니다. 그 청년이 부모가 되어서도 자녀에게 다시 권할 수 있는 그런 책이 되기를 바라며, 이 시리즈를 오십 빛깔 그릇에 정성껏 담아 내어놓습니다.

2010년 가을　주니어중앙

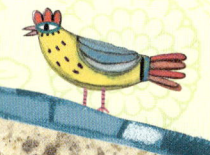

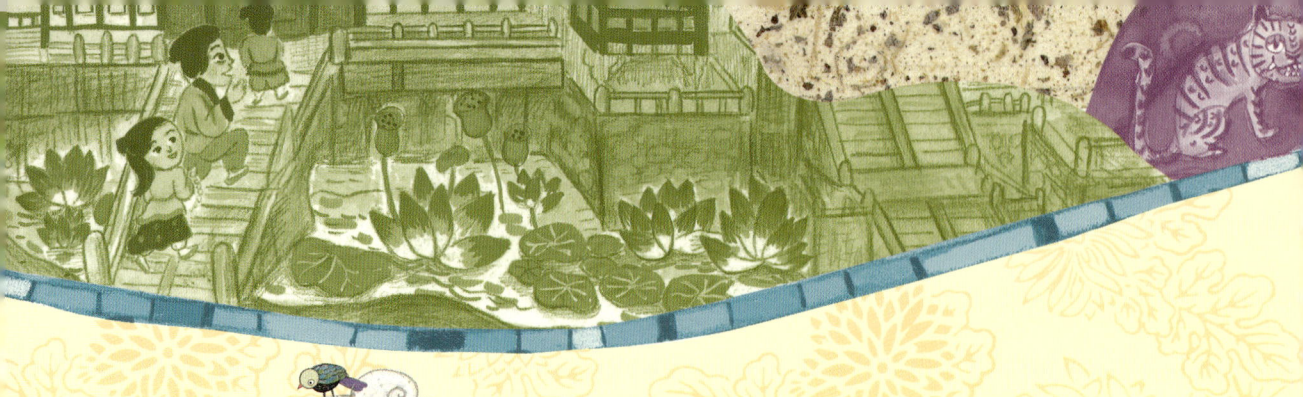

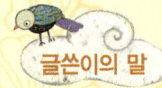

꼭 가 보고 싶은 역사 유적지

"유적지? 그게 뭐지?"

"유적지는 유명한 관광지야."

"아냐. 유적지는 위인들이 태어나거나 일한 곳이야."

"그건 말이지, 나라에서 잘 관리하고 보존하는 곳이란 뜻이야."

여러분 머릿속에는 벌써 이런저런 생각들이 떠올랐을 거예요. 물론 이런 생각들이 모두 틀린 건 아니에요. 하지만 유적지를 설명하기에는 부족해요. 유적지는 그저 재미난 놀이동산도 아니고, 그렇다고 63빌딩 같은 관광지를 가리키는 말도 아니니까요.

유적지에는 우리나라의 역사가 담겨 있어요. 말하자면, 우리 조상들의 자취가 남아 있는 곳이라는 뜻이에요. 흔히 유적 답사를 할 때, '아는 만큼 보인다.'는 말을 많이 해요. 아무 준비도 지식도 없이 무턱대고 찾아가서 보면, '애걔걔, 뭐 이렇게 시시해?' 하면서 실망하고 그냥 돌아오기가 쉬워요. 하지만 유적지에 얽힌 사연을 알고 나면 보는 느낌이 확 달라질 거예요. 똑같은 땅도 작은 돌멩이 하나도 전혀

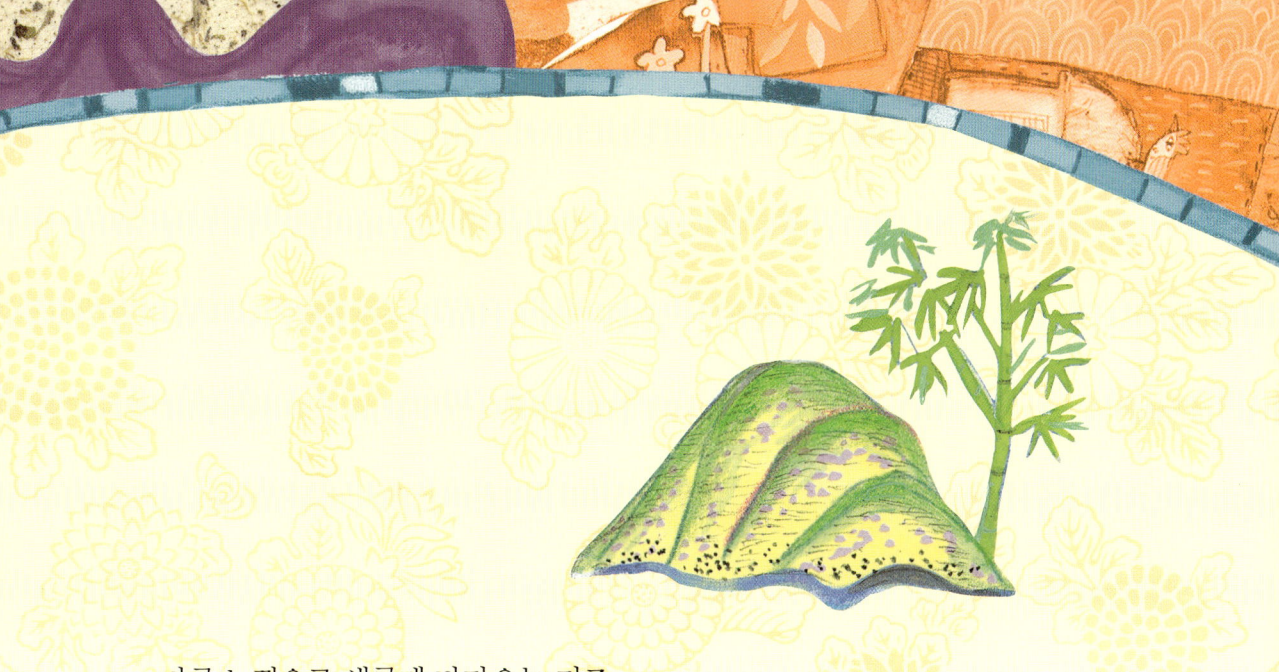

다른 느낌으로 새롭게 다가오는 거죠.

　"음, 그래서 이 자리에 동학 혁명 탑이 세워졌구나."

　"다 허물어져 가는 산성에 이런 사연이 있었다니……!"

　이 책을 읽고서 나중에 여러분이 유적지 여행을 가게 되었을 때, 이렇게 말할 수 있다면 얼마나 좋을까요. 이 책에 실린 열 곳의 유적지는 우리 땅에 퍼져 있는 수많은 유적지의 100분의 1도 되지 않아요. 여기에 소개되지 않은 나머지 수많은 유적지는 여러분 스스로가 자신의 발로 더 많이 찾아가 보고 느끼기를 바래요. 신석기 시대 한강 근처에 살았던 조상들의 생활 모습에서부터 한국 전쟁의 아픔까지, 우리 땅은 온통 역사책이며 박물관이랍니다.

어린이의 벗 우리누리

차례

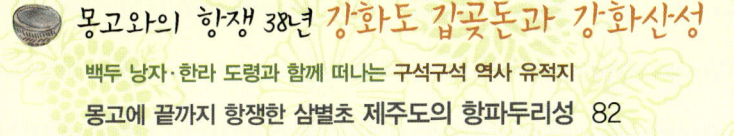

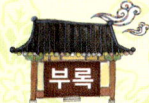
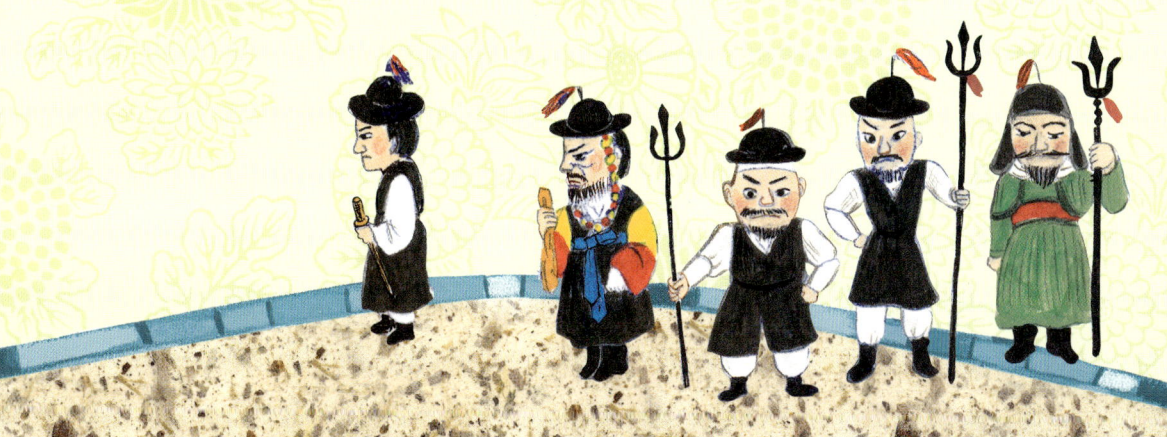

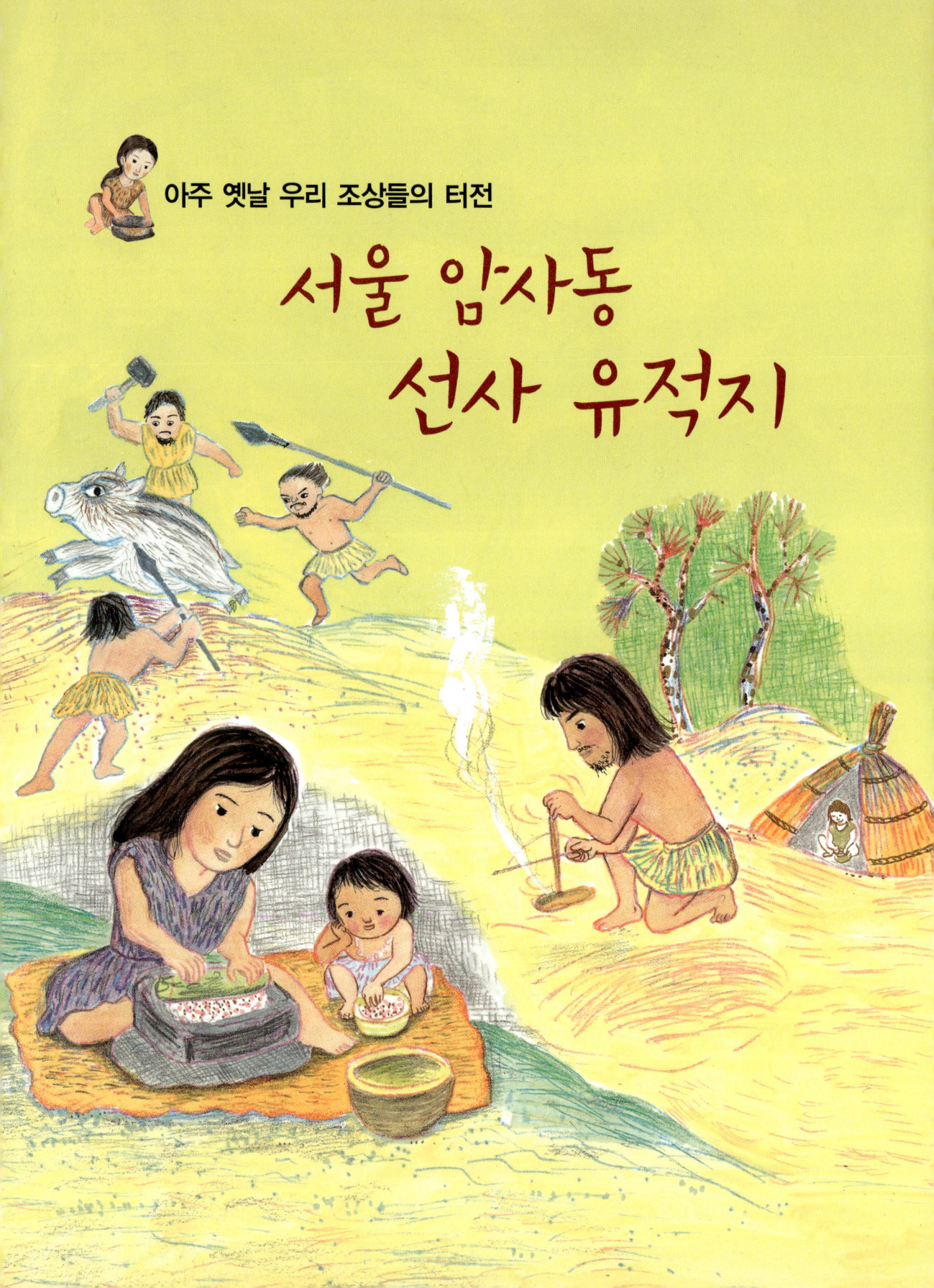

아주 옛날 우리 조상들의 터전

서울 암사동
선사 유적지

"어어? 갈돌이 어디 갔지? 방금 전에 쓰고 분명히 여기에다 놨는데……."

엄마는 크고 평평한 갈판 주위를 이러저리 살펴보았어요. 그런데 어찌 된 일인지 갈돌이 보이지 않았어요. 빨리 음식을 만들어야 하는데 큰일 났어요. 엄마는 고개를 까우뚱거리며 갈돌을 찾아다녔어요.

갈돌은 곡식을 곱게 가는 기구예요. 갈판 위에 곡식을 올려놓고 갈돌로 부드럽게 문지르면 곡식이 금세 빻아진답니다.

'애들 아빠가 사냥에서 돌아올 때가 됐는데. 어쩌나…….'

그때, 움집 뒤에서 '퍽, 퍽' 하는 소리가 들렸어요. 엄마는 서둘러 움집 뒤로 달려가 보았어요.

'으이쿠, 이런……!'

엄마는 손바닥으로 이마를 때리며 못 말린다는 표정을 지었어요. 글쎄 어린 아들이 갈돌을 들고 빗살무늬 토기를 마구 깨뜨리고 있는 게 아니겠어요?

"요 녀석! 엄마가 이런 장난치지 말랬지?"

엄마는 얼른 손에 쥔 갈돌을 빼앗았어요. 아들은 너무 개구쟁이예요. 잠시도 가만히 있지를 못하는 거예요. 엄마가 빗살무늬 토기를 말리려고 밖에 내놓을 때마다 아들은 이런 장난을 치지 뭐예요. 엄마는 얼른 예전에 만들어 놓았던 토기를 꺼냈어요. 그리고 마을 사람들이 불을 피우는 동안 재빨리 곡식을 갈았어요.

"이 정도면 충분하겠지?"

엄마는 곱게 빻은 곡식을 잘 반죽해서 불에다 익혔어요. 그러자 이내 맛있는 냄새가 솔솔 풍기기 시작했어요. 옆에서 지켜보던 아들이 빨리 먹고 싶은지 침을 꼴깍꼴깍 삼켰어요. 그런 아들의 모습에 엄마는 피식 웃음이 나왔어요.

해가 제법 많이 기울었어요. 멀리서 마을 남자들이 돌아오는 소리가 들렸어요.

'오늘은 얼마나 잡았을까?'

여자들은 남자들이 걸어오는 쪽을 바라보았어요. 자세히 보니 무언가 커다란 것을 들고 오는 게 보여요. 멧돼지였어요.

"오늘은 사냥이 아주 잘됐나 봐요."

여자들은 신이 나서 손을 흔들어 주었어요. 큰 짐승을 잡기란 쉽지 않거든요.

아침에 남자들은 돌도끼랑 돌화살을 준비하면서 큰소리를 쳤었어요.

"두고 봐. 오늘은 꼭 큰 놈으로 잡아 오고야 말겠어!"

그런데 정말 그 약속을 지킨 거예요. 그뿐이 아니에요. 오늘은 강가로 나갔던 사람들도 물고기를 잔뜩 잡아왔지 뭐예요. 갑자기 마을에 먹을 것이 많아졌어요. 당분간 양식 걱정은 하지 않아도 좋을 만큼 말예요. 여자들은 덩실덩실 춤을 추며 즐거워했어요.

그날 저녁, 마을 사람들은 모두 모여서 모처럼 기름진 고기를 아주 배불리 먹었어요.

"헤헤, 역시 멧돼지가 제일 맛있어."

아이들의 입가엔 기름이 잔뜩 묻어 있었어요. 그것을 보는 어른들은 웃느라 음식을 제대로 먹지도 못했어요. 그렇게 하루가 금세 지나갔어요.

다음날 마을 여자들은 그릇을 만들었어요. 아이들이 깨 먹은 그릇도 그릇이지만 잘못 빚은 빗살무늬 토기는 금이 가기 일쑤였어요. 여자들은 흙과 모래를 잘 섞어서 밑이 뾰족한 모양으로 그릇을 빚었어요. 그래야 모래 위에 그릇을 놓기가 편하기 때문이지요. 그러고는 공들여 빚은 토기를 불에 잘 구웠어요. 곡식도 잘 자라고 사냥감도 많이 잡히길 바라는 마음으로 정성껏 그릇을 구웠답니다.

그사이 남자들은 움집을 지었어요. 식구들이 늘어나니 잠을 잘
곳이 더 필요해졌기 때문이에요. 남자들은 돌괭이를 들고 땅을
판 다음 기둥을 세우기 시작했어요.
　"영차, 영차!"
　"자, 이제 서까래를 올리자고요."
　"그래요. 고기도 실컷 먹었으니,
어디 힘 좀 한번 써 볼까요?
하하하!"

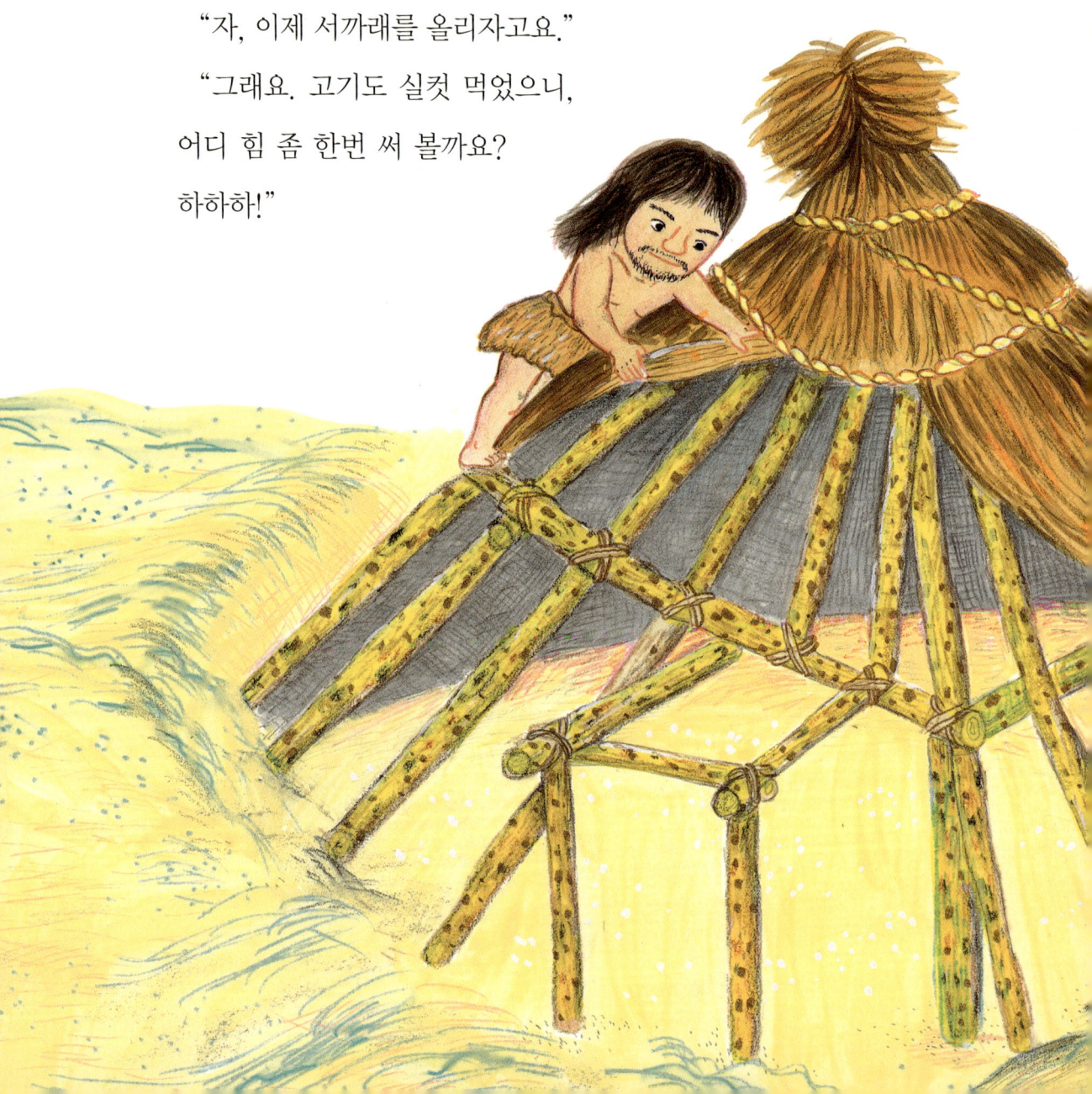

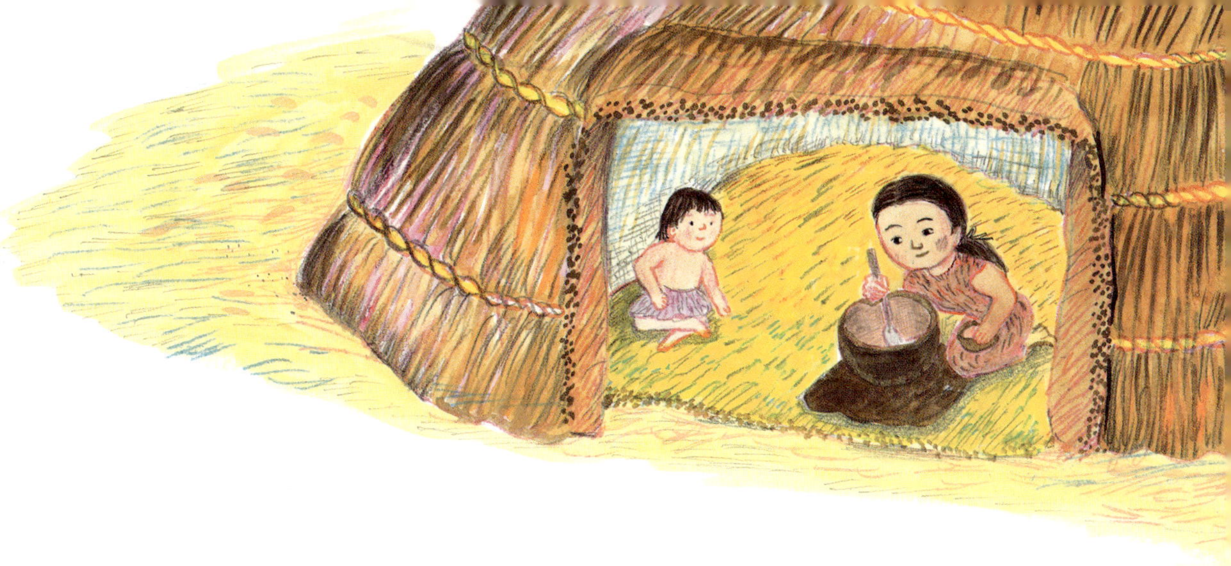

서까래는 지붕을 고정시키기 위한 뼈대 같은 거예요. 서까래를
올리는 건 쉬운 일이 아니에요. 남자들은 땀을 뻘뻘 흘리며 서까
래를 들어 올렸어요. 그리고 서까래를 비스듬히 얹어 중앙을 묶
고는 그 위에 풀을 덮었어요. 드디어 멋진 움집이 만들어졌어요.

움집이 완성되고 나자 마지막으로 화덕을 안에 들여놓는 일이 남
았어요. 화덕은 집 안을 따뜻하게 데워 주기도 하고, 음식을

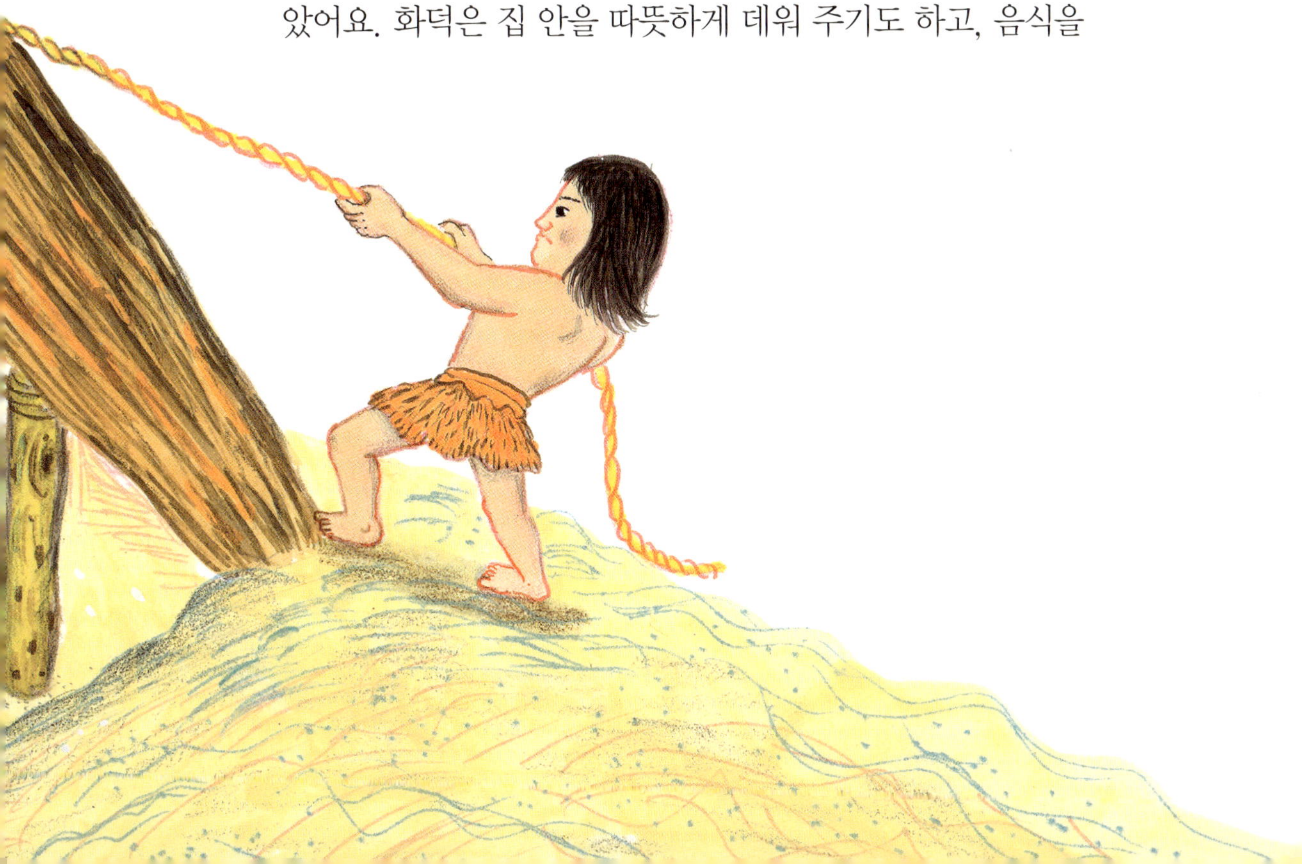

익혀 먹는 데 쓰이기도 하는 아주 중요한 기구지요. 이렇게 집도
짓고 그릇도 만들면서 마을 사람들은 겨울맞이를 끝냈답니다.

　시간이 흘러 마을에는 추운 겨울이 왔어요. 눈이 내리기 시작했
어요. 아빠와 엄마, 아들은 가죽옷을 입고 화덕을 피운 움집 안에
도란도란 모여 앉았답니다.

　"엄마, 나 배고파."

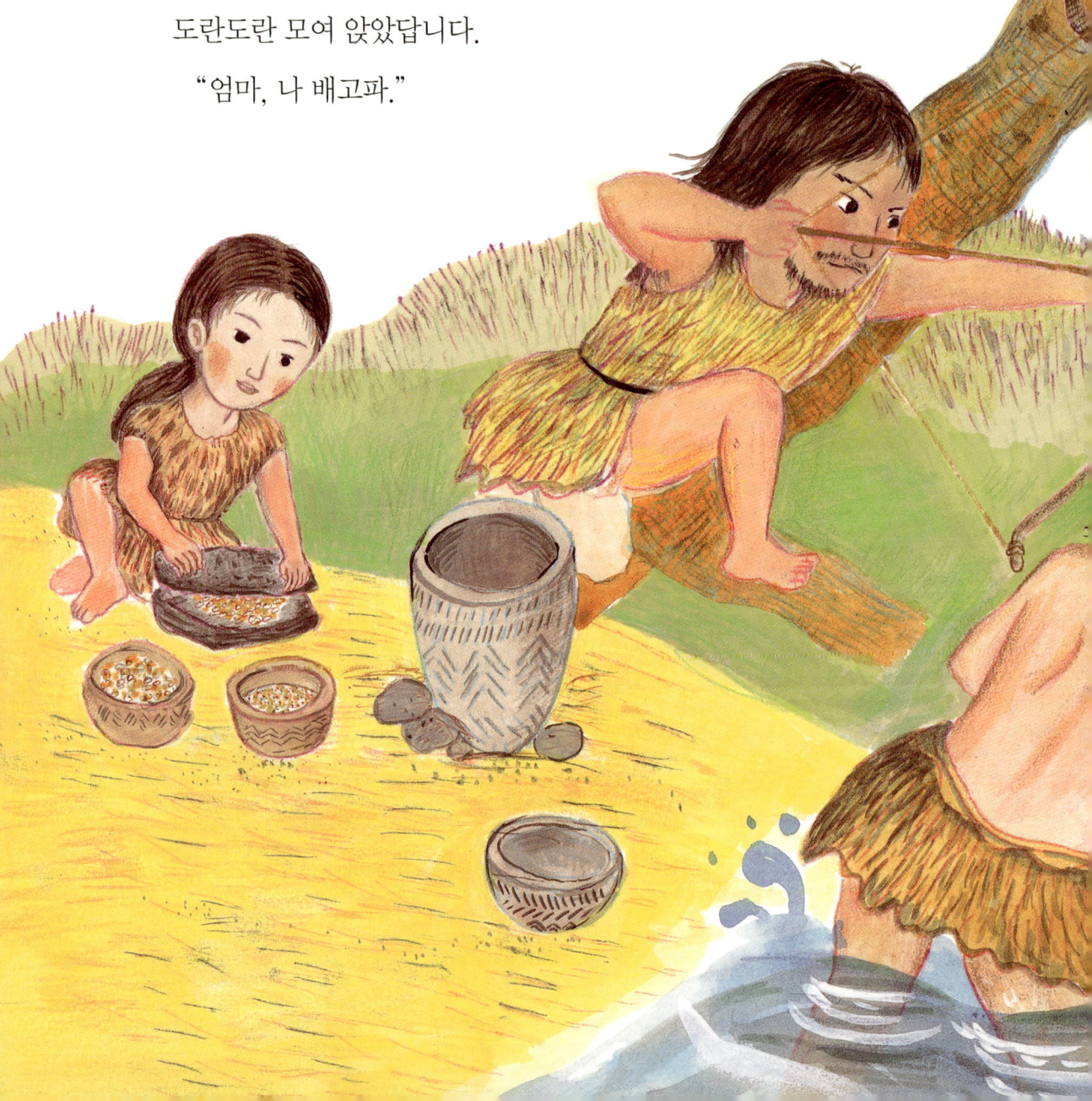

아들의 말에 엄마는 움막 한쪽 구멍에 손을 집어넣었어요. 거기에는 저장해 둔 곡식이랑 물고기가 들어 있었어요. 한마디로 음식 창고인 셈이죠.

엄마는 맛있는 물고기를 화덕 위에 올려놓았어요. 모락모락 연기가 피어올랐어요. 이웃 움집에서도 여기저기 연기가 피어오르고 있었어요. 그렇게 겨울이 또 지나가고 있었어요.

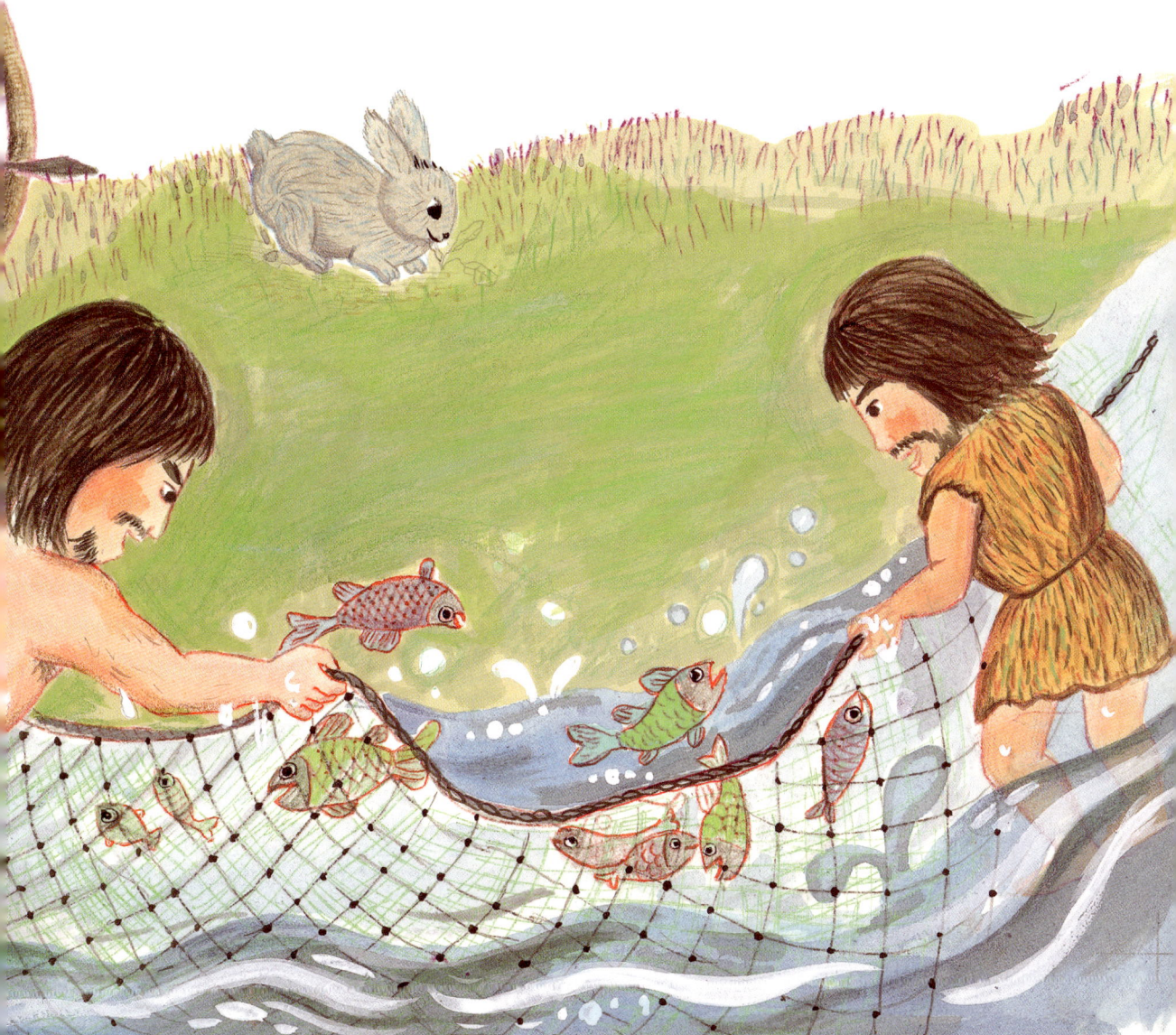

이 이야기는 지금으로부터 약 5000~6000년 전 이 땅에 살았던 사람들의 생활 모습을 상상해 본 거예요. 이 시기가 바로 돌을 주로 사용했던 '신석기 시대'예요. 신석기 시대에는 글자가 없었기 때문에 우리가 알아볼 수 있는 기록은 하나도 있지 않아요. 하지만 조상들이 살았던 터를 발견한 뒤부터는 그때의 역사를 짐작할 수 있게 됐어요. 그 터에 옛날 조상들이 썼던 도구나 집 모양이 남아 있기 때문이에요.

그중 신석기 시대의 모습을 가장 잘 보여 주는 유적지가 바로 서울의 '암사동 선사 유적지'예요. 이곳에서는 신석기 시대의 생활을 짐작할 만한 많은 유물이 발견되었어요. 빗살무늬 토기, 갈돌, 돌도끼, 그물추, 돌공이, 돌화살촉 등 대부분 돌로 만들어진 것들이지요.

빗살무늬 토기는 말 그대로 그릇의 무늬가 빗살처럼 새겨져 있어 붙여진 이름이에요. 갈돌과 갈판은 곡식을 갈 때, 돌도끼와 돌화살촉은 사냥할 때, 그물추는 물고기를 잡을 때, 그리고 돌공이는 동물의 뼈나 단단한 열매를 깨뜨리는 데 사용했을 것이라고 여겨지고 있어요.

이곳 암사동 선사 유적지에서 가장 먼저 눈에 띄는 것은 여러

채의 움집이에요. 바닥이 원형이거나 모가 둥근 네모꼴인 이 움 집들은 그 당시의 생활상을 추측해서 다시 만들어 놓았는데요. 네다섯 명 정도 들어가 살 수 있는 집이 15~20채 가량 모여 있답 니다.

옛날엔 이렇게 여러 채가 한데 모여서 공동체 생활을 했던 것 같아요. 함께 사냥하고, 함께 농사짓고, 함께 나누어 먹으며 살았 던 거지요. 아마도 농사를 하려면 혼자 힘으로는 어려우니까 서 로서로 돕기 위해서 그랬던 것 같아요.

아직도 우리가 밝혀내지 못한 선사 시대의 비밀은 많아요. 어쩌 면 지금 우리가 밟고 있는 이 땅속에도 아직 발견되지 않은 선사 시대의 유물이 숨어 있을지도 모르죠. 지금도 여전히 숙제로 남아 있는 선사 시대의 비밀. 그 비밀을 우리는 언제쯤 다 알게 될까요?

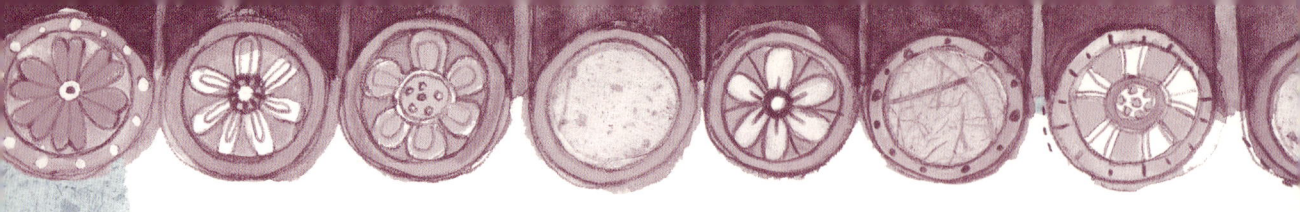

삼한 시대 족장의 가족 무덤

고창의 상갑리 고인돌

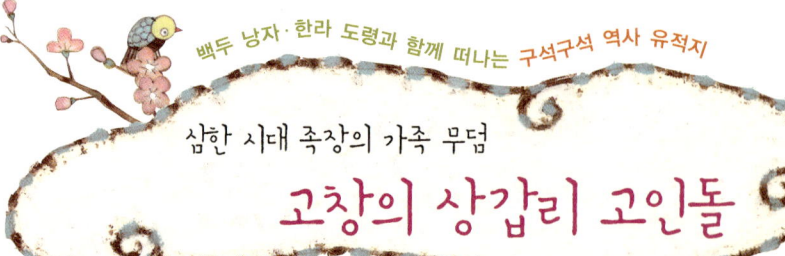

전라북도 고창에 있는 '상갑리 고인돌'이 우리나라 청동기 시대의 대표적인 유적지 중 하나라고 들었는데요. 고인돌은 무엇인지, 또 어떻게 생겼는지 자세히 알고 싶어요.

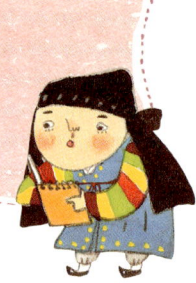

고인돌은 돌로 만든 무덤이에요. 대개 땅 위에 굄돌을 세우고 그 위에 평평하고 넓은 덮개돌을 올려 탁자 모양으로 만들었지요.

오늘날의 사람들은 고인돌이 옛날에 신분이 아주 높았던 사람의 무덤이었을 거라고 생각하고 있는데요. 그것은 수십 톤이나 되는 무거운 돌을 움직여서 무덤을 만들려면 아주 많은 사람들이 필요하기 때문이에요. 도구가 크게 발달하지 않았던 고대 사회에서 많은 사람들에게 일을 시킬 수 있을 만큼 힘을 가진 사람은 부족장 같은 신분이 높은 사람밖에 없거든요. 커다란 고인돌을 만드는 것은 마치 '내 힘은 이 정도야.' 하고 자랑하는 것과 같은 것이었답니다.

덮개돌

굄돌

'굄돌'에서 '고인돌'이라는 말이 나왔대요.

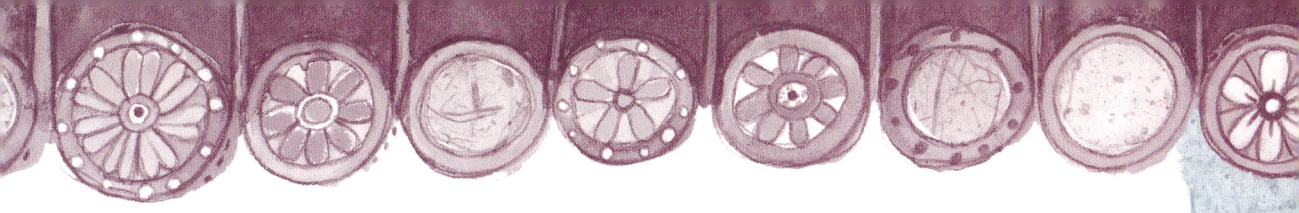

우리나라는 고인돌 천국이에요. 전 세계에 있는 고인돌의 40퍼센트 정도가 우리나라에 모여 있다고 생각하면 되지요. 고인돌 중에서 상갑리에 있는 고인돌은 500여 개 정도 되는데요. 특히 이 지역을 다스렸던 족장의 가족 무덤인 듯한 매산동 근처의 고인돌들은 계단식으로 늘어서 있어 보기만 해도 정말 멋지답니다.

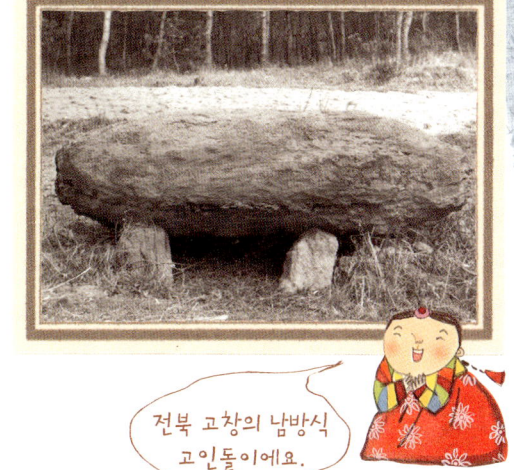

전북 고창의 남방식 고인돌이에요.

고인돌의 모양은 남북에 따라 조금 차이가 있는데요. 북쪽 지방의 고인돌은 두 개 이상의 넓적한 굄돌을 아래에 받치고 그 위에 큰 돌을 덮은 형태이고, 남쪽 지방의 고인돌은 땅을 파서 시체를 묻은 다음 그 위에 그냥 큰 돌을 덮거나 자그마한 받침돌 위에 큰 돌을 괴어 놓은 형태랍니다.

고창의 상갑리 말고도 고인돌이 많이 발견된 곳으로 강화도 부근리가 있는데요. 이곳에서는 해마다 강화 고인돌 축제가 열린다고 하니 기회를 놓치지 말고 한번쯤 찾아가서 원시 시대로 돌아가 보는 것도 재미있겠죠?

원시 생활을 재현해보는 거구나!

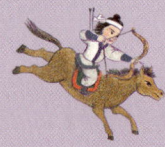

온달 장군 이야기에 담긴 고구려 역사

단양 온달산성

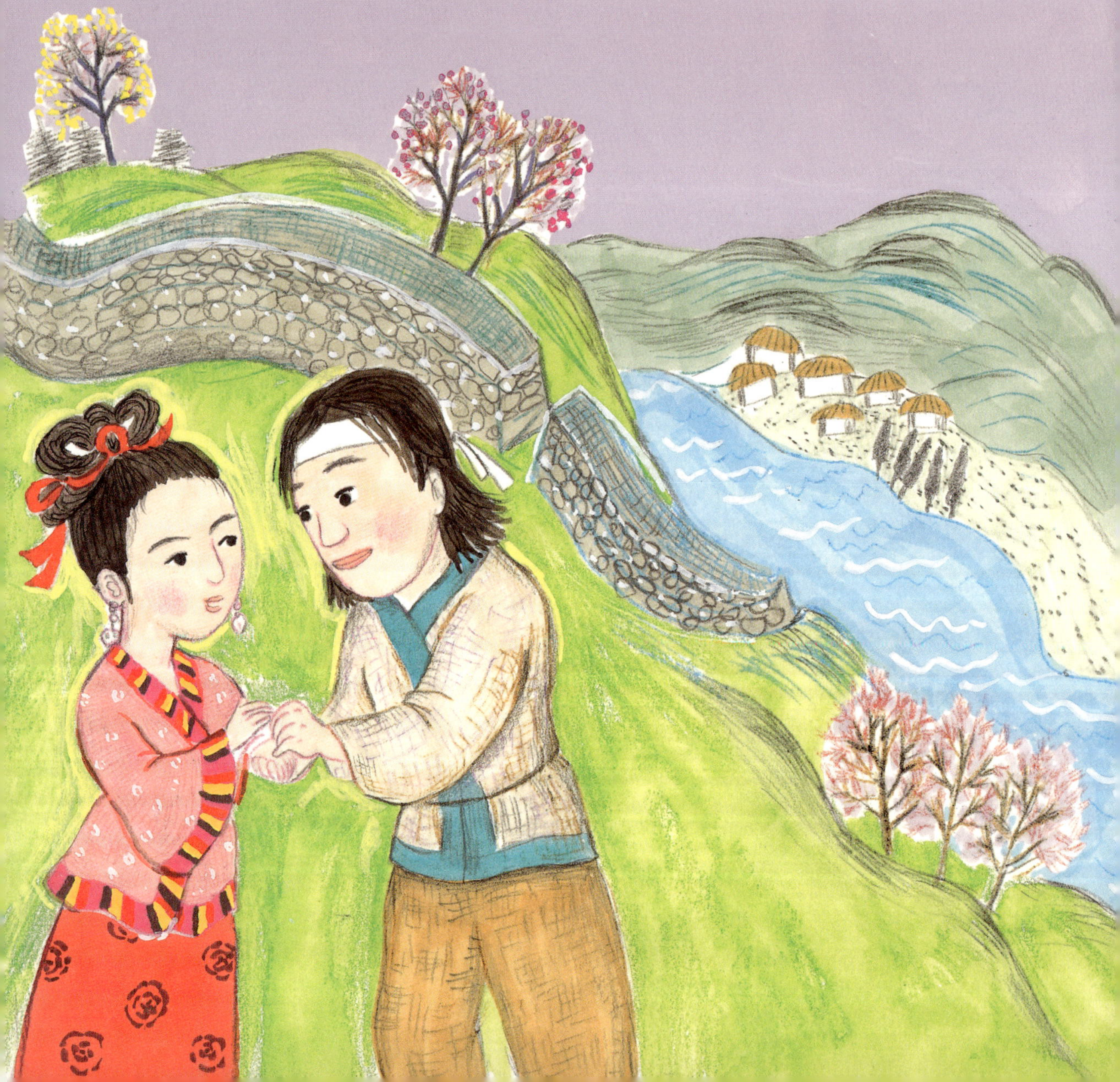

충청북도 단양에서 남한강을 따라 가면 영춘면이라는 곳이 있어요. 이곳에는 구불구불 산을 따라 둘러진 산성이 하나 있답니다. 흙을 이용하지 않고 순전히 돌로 쌓은 이 산성의 이름은 바로 '온달산성'이에요. 우리가 잘 아는 '바보 온달과 평강 공주'의 주인공인 온달 장군에 얽힌 이야기가 전해 내려오는 곳이지요.

고구려 25대 평원왕 때의 일이에요.

고구려의 도읍지인 평양성 근처에 온달이라는 청년이 살고 있었어요. 온달은 눈먼 어머니를 모시고 살았는데, 가정 형편이 어려워 구걸을 하며 지냈어요. 늘 누더기 차림으로 구걸하러 다니는 온달을 보고 사람들은 '바보 온달'이라고 놀렸어요.

"야, 바보 온달 나가신다. 길을 비켜라!"

"우와, 진짜 못생겼다. 저 옷 좀 봐! 크크……."

사람들은 늘 이렇게 온달을 놀렸어요. 하지만 온달은 마음씨가 착해서 화를 낼 줄도 몰랐어요.

한편, 평원왕에게는 평강이라는 예쁜 공주가 있었어요. 그런데 이 평강 공주는 어릴 때부터 너무 잘 울어서 탈이었어요.

"자꾸만 그렇게 울면 바보 온달에게 시집보내 버린다. 온달에게 시집가고 싶으면 계속 그렇게 울려무나."

평강 공주는 자라면서 바보 온달에게 시집보낸다는 말을 수도 없이 듣고 자랐어요.

어느새 울보 공주는 훌쩍 자라서 정말로 시집갈 나이가 되었어요. 그러자 공주는 어이없게도 정말로 온달에게 시집을 가겠다고 말하는 것이었어요.

"뭐라고? 네가 지금 제정신이냐? 그걸 말이라고 해?"

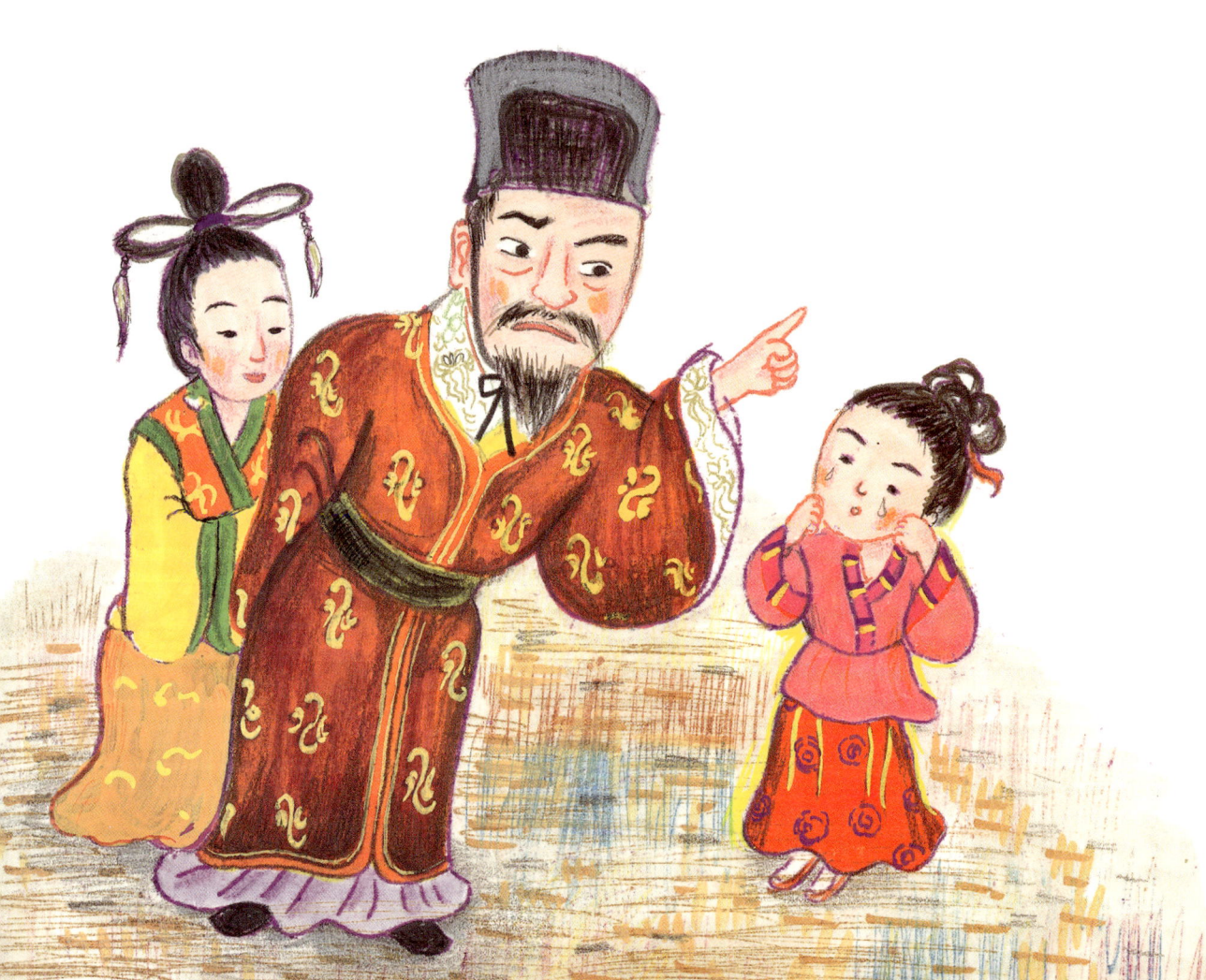

왕은 기가 막힐 노릇이었어
요. 하지만 공주의 뜻은 아
주 분명했어요.

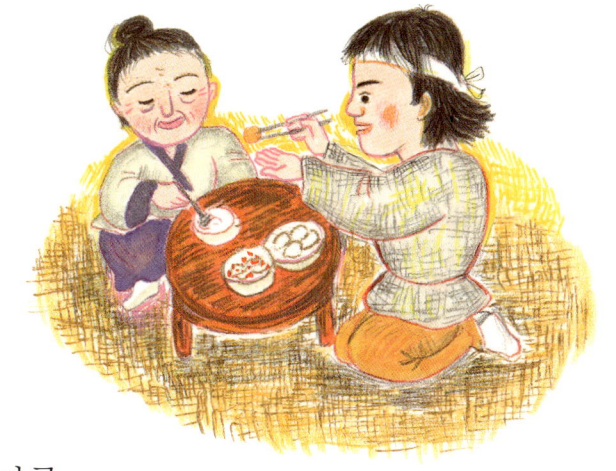

"아버님, 말에는 책임이
따라야 합니다. 저는 온달
이라는 분에게 시집가기로 이
미 마음을 먹었습니다. 결코 다른
곳으로는 시집가지 않겠습니다."

결국 평강 공주는 궁궐에서 쫓겨났어요. 공주는 그 길로 온달이
사는 곳을 찾아갔어요.

"저는 평강 공주라고 합니다. 어려서부터 부왕께서는 늘 저를
온달 님에게 시집보내겠다고 하셨죠. 그때부터 저는 항상 온달
님에게 시집갈 거라고 마음먹었습니다. 그러니 부디 거절하지 마
시고 저를 아내로 맞아 주십시오."

공주의 솔직한 이야기를 들은 온달은 펄쩍 뛰었어요. 하지만 공
주는 물러서지 않았어요. 그렇게 해서 평강 공주와 바보 온달은
마침내 결혼을 하였답니다.

평강 공주는 온달에게 말 타는 법도 가르쳐 주고, 공부도 가르

쳐 주었어요. 온달은 갈수록 공부가 재미있었어요. 늘 바보라고
놀림받던 온달이었지만 공주가 가르쳐 주는 건 머리에 쏙쏙 들어
오는 것이었어요. 더구나 체력이 좋은 온달에게 말 타는 것쯤은
문제도 아니었어요. 이렇게 해서 온달의 실력은 날이 갈수록 좋
아졌어요.

　고구려에는 매년 3월이면 천지신에게 제사를 드리는 풍습이 있
었어요. 이때는 왕과 함께 많은 군사와 백성들이 사냥에 나섰어
요. 온달은 공주가 정성껏 기른 말을 타고 이 행사에 참가했어요.
온달의 실력은 정말 놀라웠어요. 행사에 참가한 그 어떤 사람도
온달만큼 빨리 달리지 못했어요.

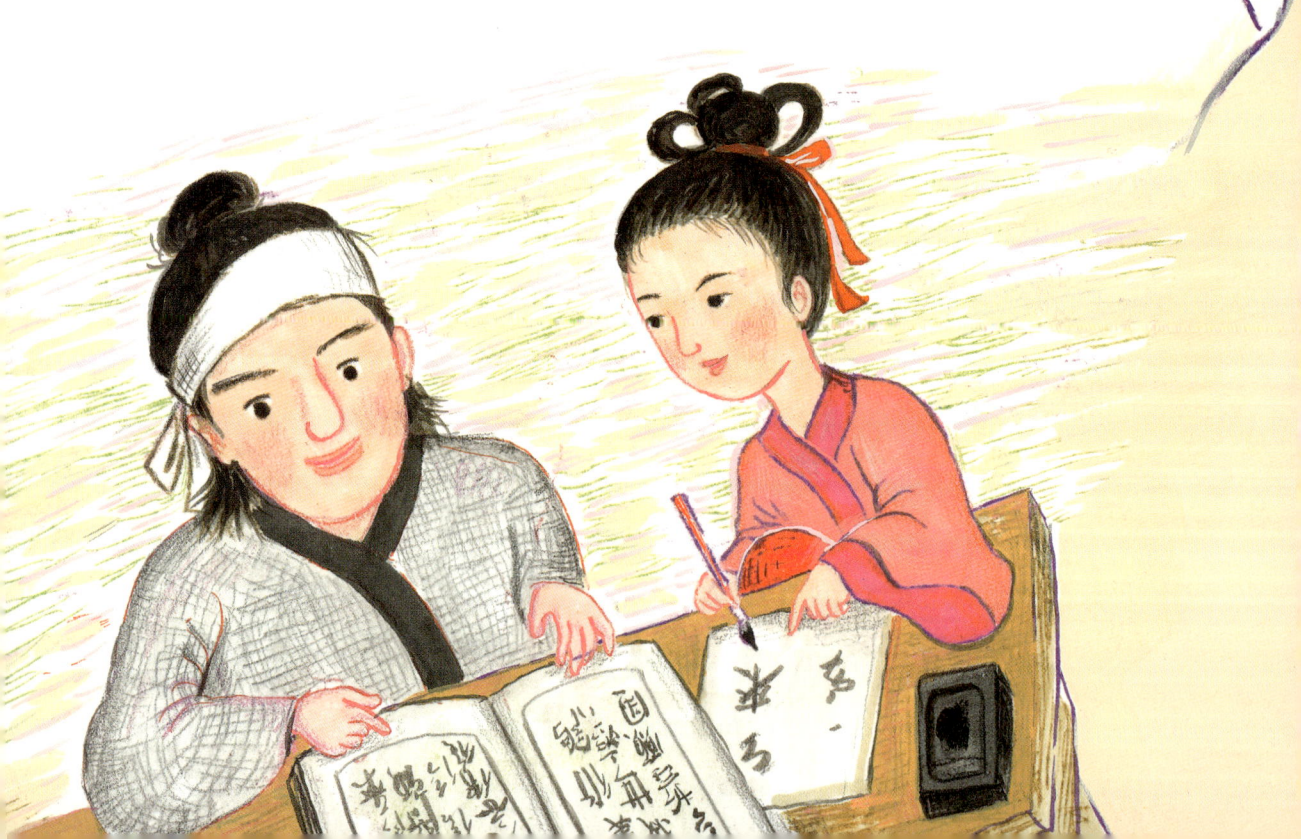

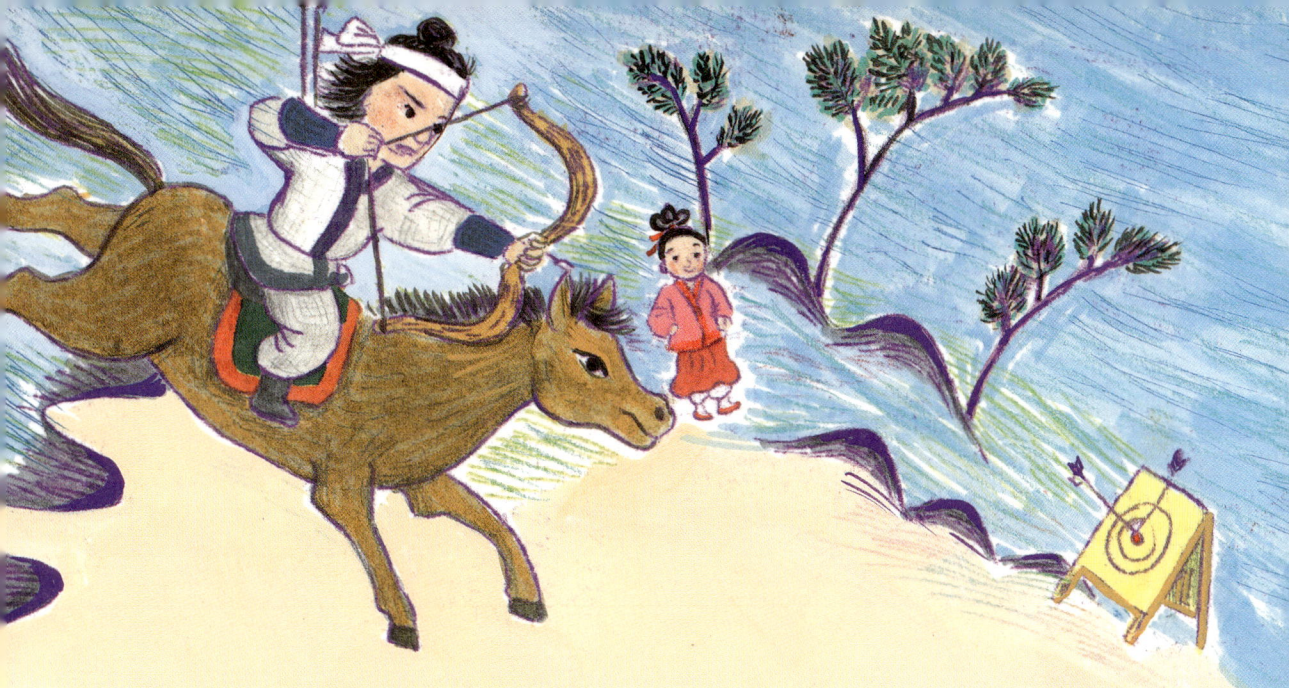

'누구지? 저 사람은 못 보던 인물인데……. 무예 실력이 보통
이 아니군!'

온달을 본 왕은 그가 누구인지 궁금해서 견딜 수가 없었어요.

"여봐라. 저 장수가 대체 누구냐?"

"예, 평양성 근처에 사는 온달이라고 하옵니다."

왕은 깜짝 놀랐어요. 공주가 집을 나간 게 바로 저 온달 때문이
었으니까요. 온달은 뛰어난 무예 실력 덕분에 마침내 나라에서
인정받는 장수가 되었어요. 이제 온달에게는 더는 부러울 것이
없었어요.

하지만 온달에게는 한 가지 꿈이 있었어요. 그건 고구려가 신라
에 빼앗겼던 영토를 되찾는 일이었어요. 원래 고구려는 백제, 신

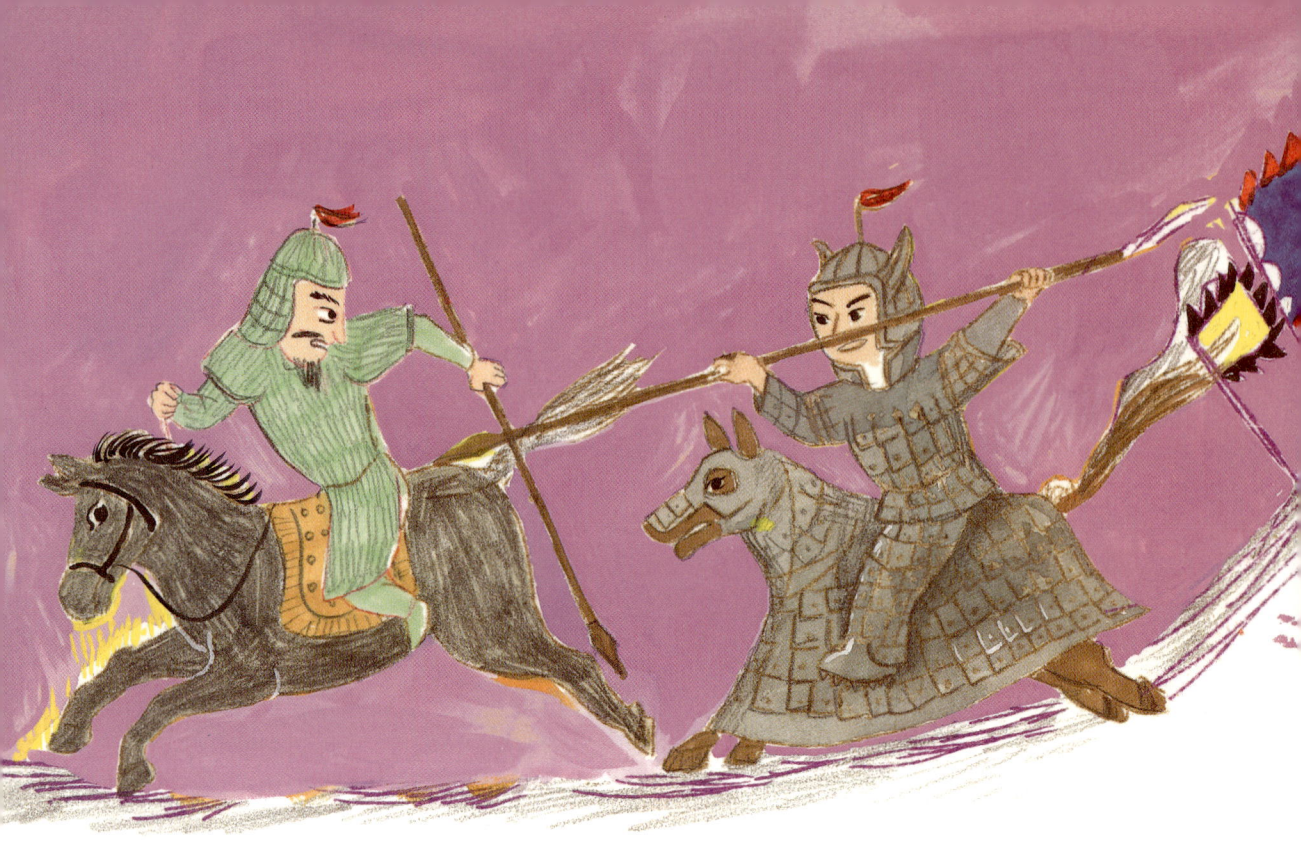

라 삼국 중 영토가 제일 넓은 강대국이었어요. 그런데 신라 진흥
왕에게 밀리면서 많은 땅을 빼앗기고 말았던 거예요.

온달 장군은 특히 한강 아래쪽의 계립령과 죽령의 서쪽 땅을 되
찾아야겠다고 생각했어요. 그 땅에 사는 백성들이 아직도 고구려
를 잊지 못해 눈물로 세월을 보내고 있다는 소식을 들었기 때문
이지요.

"저를 보내 주십시오. 저를 믿고 군사를 보내 주시면 싸움터에
나가 반드시 빼앗긴 땅을 되찾아 오고야 말겠습니다."

평원왕의 뒤를 이어 왕위에 오른 영양왕 때, 온달은 마침내 신라를 향해 출격했어요. 평강 공주는 온달의 마음을 알고 묵묵히 손을 꼭 잡아 주었어요.

"우리 땅을 되찾지 않으면 내 살아서 돌아오지 않을 것이오!"

온달은 굳은 다짐으로 싸움에 나섰어요. 온달이 신라군과 맞붙은 곳이 바로 지금의 충청북도 단양군 영춘면에 있는 온달산성이에요. 온달은 그곳에 있는 산성을 둘러싸고 순식간에 많은 신라군을 물리쳤어요. 하지만 온달산성을 거의 손에 넣을 즈음, 온달은 그만 화살을 맞고 말았어요.

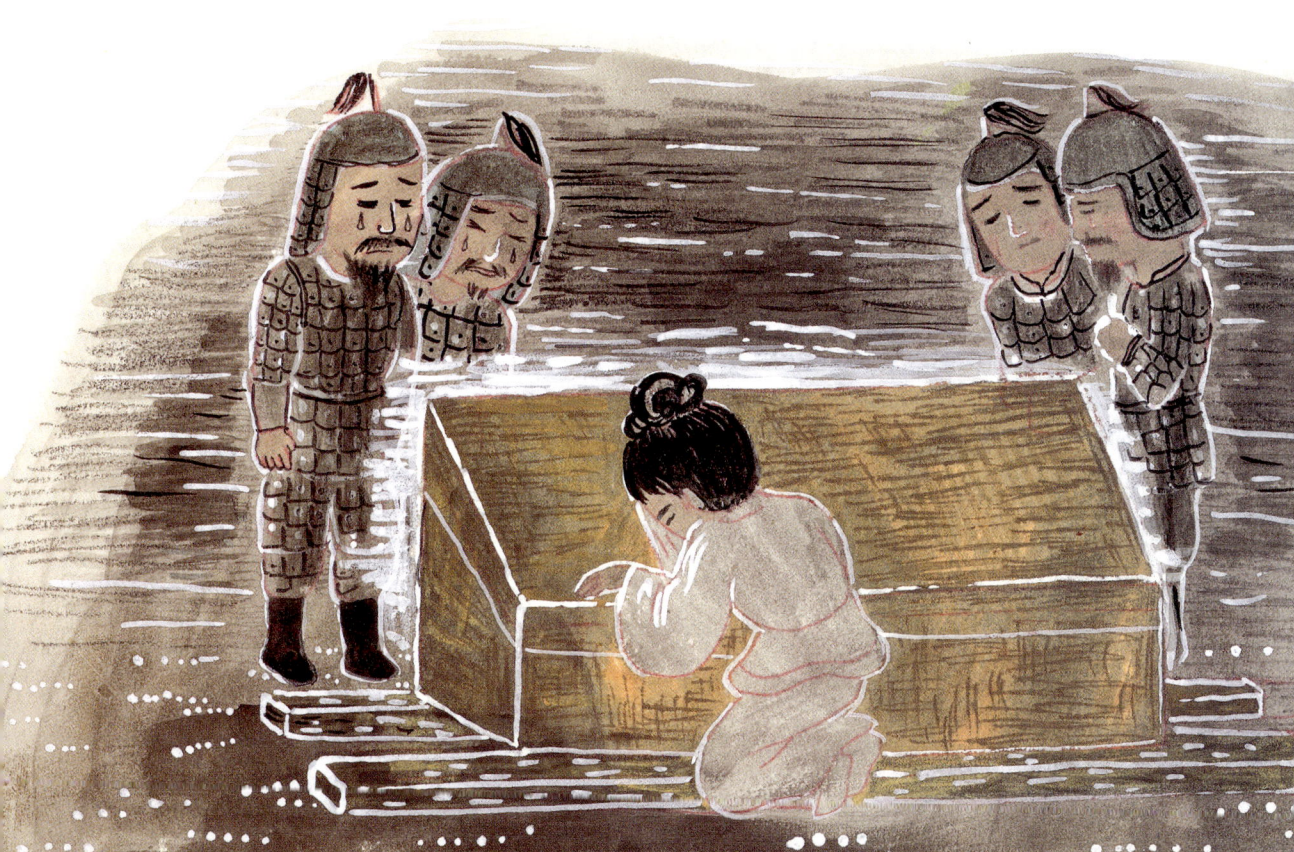

"우리 땅을 찾지 못하고 이렇게 죽다니……."

가쁜 숨을 몰아 쉬며 온달은 하늘을 보았어요. 공주를 만나 지금까지 살아온 시간들이 재빨리 머릿속을 스쳐 지나갔어요. 온달은 결국 숨을 거두고 말았어요.

그런데 이상한 일이 일어났어요. 상리나루 쪽에서 온달의 장례를 치르려고 하는데 관이 땅에서 떨어지지 않는 거예요. 그때 공주가 와서 관을 어루만졌어요.

"죽고 사는 일이 이미 정해졌으니, 이제 마음 편히 돌아가소서……."

공주가 눈물을 흘리며 이렇게 얘기하자, 그제야 관이 움직이기 시작했다고 해요.

온달산성은 이렇게 온달 장군의 애틋한 마음을 안고 오늘날까지 남아 있어요. 이곳에 올라서면 남한강이 훤히 내려다보이는데요. 말없이 흐르는 강을 보면 온달 장군의 마음이 느껴지는 것 같아요. 온달 장군은 고구려의 영광을 되찾지 못한 아쉬움 때문에 죽어서도 편히 눈감지 못했으니까요.

온달산성은 삼국 시대의 산성으로 고구려 영토의 가장 남쪽에 위치한 성이었어요. 현재 우리나라에는 고구려 이야기가 담긴 유적지가 얼마 되지 않는데, 온달산성은 그중에서도 고구려의 역사와 설화를 간직한 보기 드문 유적지예요.

온달산성은 길이가 약 700미터 정도로 다른 산성에 비해 그리 긴 편은 아니에요. 온달산성의 큰 특징 중 하나는 안팎에서 볼 때 성벽의 높이가 다르다는 점이에요. 온달산 둘레를 빙 둘러 지었기 때문에 비탈의 경사가 70도에 이르는 서쪽 벽의 바깥에서 본 성벽의 높이는 10미터나 되지만, 안쪽에서 보면 1미터 정도밖에 안 되거든요. 또한 두께가 4미터쯤 되는 성벽은 납작납작한 큰 돌로 벽면을 쌓았고 속 채움까지도 흙이 아닌 작은 돌로 메웠어요. 그래서 성벽 전체가 마치 벽돌로 쌓은 듯 매끈하고 짜임새가 있지요.

또한 산성 아래에는 온달동굴이라 불리는 석회암 동굴이 있는데, 이곳은 온달 장군이 도를 닦았던 동굴이래요. 그 밖에도 이 지역에는 온달 장군에 얽힌 수많은 이야기가 전해 내려오고 있답니다.

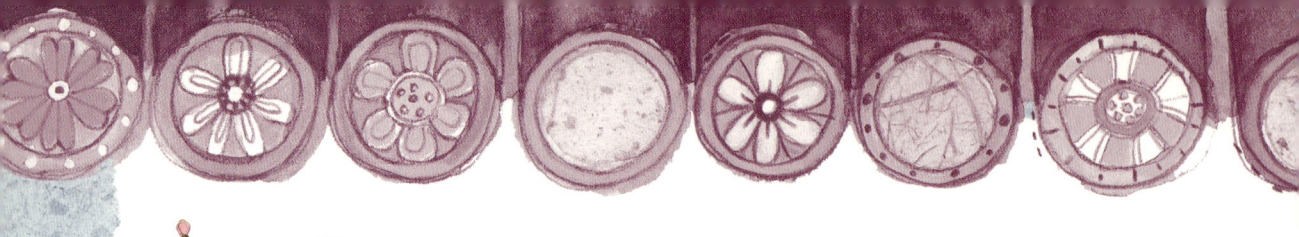

고구려의 전성 시대를 보여 주는

충주의 중원 고구려비

고구려가 가장 번창했던 광개토 대왕과 장수왕 때는 고구려의 영토가 북쪽으로는 만주까지, 남쪽으로는 한강 아래 충청도 지역까지 모두 포함했다고 하는데, 사실인가요? 이것을 증명해주는 유적지가 '중원 고구려비'라고 하던데, 자세히 알고 싶어요.

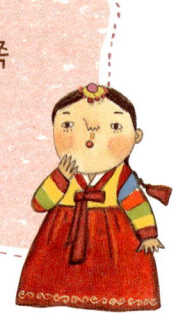

맞아요. 가장 번창했던 시기의 고구려 땅은 단순히 지금의 북한 지역이 다가 아니었답니다. 앞에서 읽었던 온달산성이 충청도에 있는 것도 이런 이유 때문이지요. 한때 이곳까지 뻗어 있던 고구려가 나중에 신라 진흥왕의 총공격에 밀리기 시작하면서 영토가 줄어든 거예요.

충청북도 충주에 있는 '중원 고구려비'는 바로 이러한 고구려의 막강했던 시대를 보여 주는 유적지랍니다.

중원 고구려비는
한반도 남쪽에 있는
하나 뿐인 고구려비랍니다.
비석의 네 면에 모두 글이
새겨져 있지요.

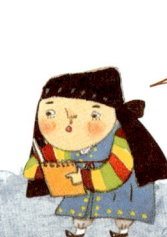

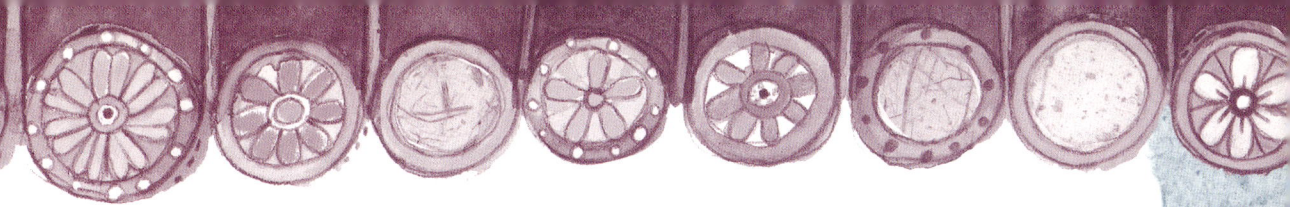

충주시 가금면 입석마을에 있는 이 비석은 크기가 큰 편은 아니지만 만주에 있는 광개토 대왕릉비와 매우 닮았어요. 비석에는 고구려 관직들의 이름뿐만 아니라 광개토 대왕과 장수왕이 남쪽으로 영토를 넓히던 때의 일들이 자세히 기록되어 있답니다.

중원 고구려비는 장수왕이 한강 지역을 정복한 뒤 이곳이 고구려 땅임을 만천하에 알리기 위해 세운 것이라고 추측하고 있는데요. 통일 신라 시대 때에는 이 지역이 나라의 중간에 있다고 해서 '중원경'이라고 불렀대요. '중원 고구려비'라는 이름도 바로 이 지역의 이름에서 따온 것이랍니다.

또한 중원 고구려비는 현재 우리나라에서 발견된 유일한 고구려비라고 해요. 그래서 현재 우리나라의 국보 205호로 지정되어 보호받고 있답니다.

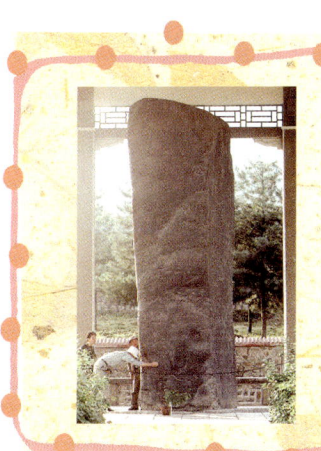

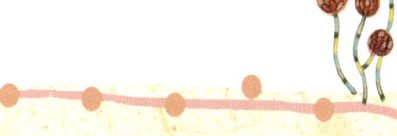 이것도 알아 두세요.

광개토 대왕릉비는 장수왕이 아버지인 광개토 대왕의 업적을 기리기 위해 세운 비석이에요. 현재 중국 지린성 지안현에 있는데, 높이가 약 6.4미터에 무게는 37톤이나 된대요. 만주가 고구려의 영토였음을 알 수 있는 소중한 문화재랍니다.

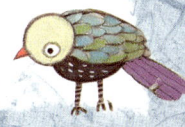

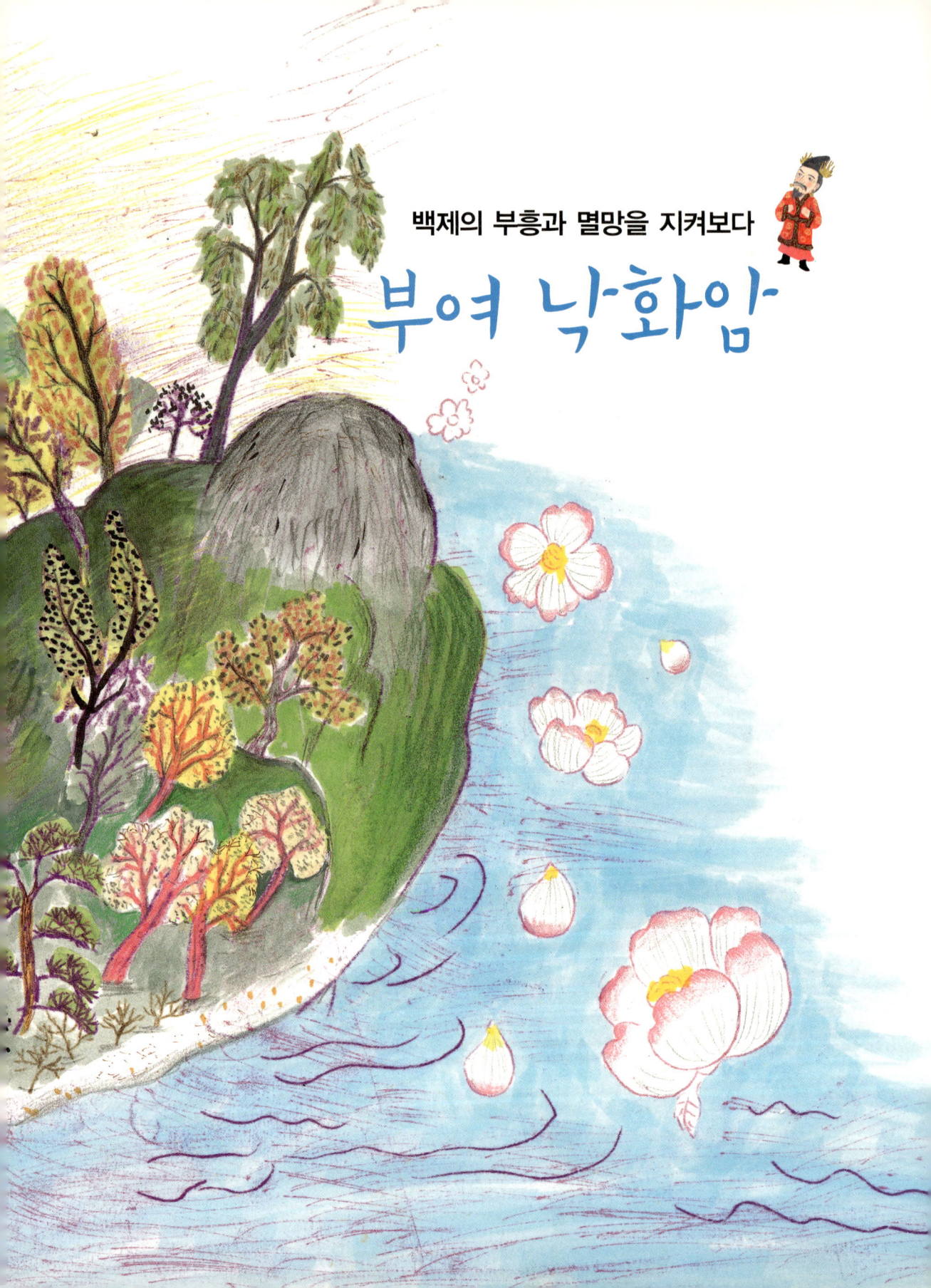

백제의 부흥과 멸망을 지켜보다

부여 낙화암

'어릴 때는 효성이 지극하고 형제애도 깊었는데…….'

의자왕을 바라보는 신하 성충의 마음은 너무도 아팠어요. 백제는 지금 잦은 전쟁으로 하루도 편할 날이 없어요. 그런데 왕은 매일같이 술과 춤으로 시간을 보냈어요.

성충은 백제가 망할지도 모른다는 불길한 예감이 들었어요. 백제의 군사력이 약해지고 있는 사이, 신라는 당나라와 손을 잡고 점점 세력을 넓히고 있었거든요. 참다못한 성충은 마침내 용기를 내어 의자왕 앞으로 나아갔어요.

"전하, 소신 죽음을 각오하고 드리는 말씀입니다. 나라를 돌보십시오. 이제 큰 전쟁이 일어날 것입니다. 지금 이렇게 한가하게 풍류를 즐기실 때가 아닙니다."

"뭐라고? 지금 네가 감히 왕 앞에서 충고를 한단 말이냐! 고얀지고……. 여봐라, 이놈을 당장 옥에 가둬라!"

의자왕은 이미 나랏일에는 관심이 없었어요. 그러니 성충의 말이 귀에 들어올 리가 없었죠. 결국 성충은 옥에 갇혀 굶어 죽고 말았어요.

의자왕은 어려서부터 용기 있는 왕자라고 칭찬을 많이 받았어요. 게다가 처음 왕위에 올랐을 때에는 군대를 이끌고 신라에 쳐

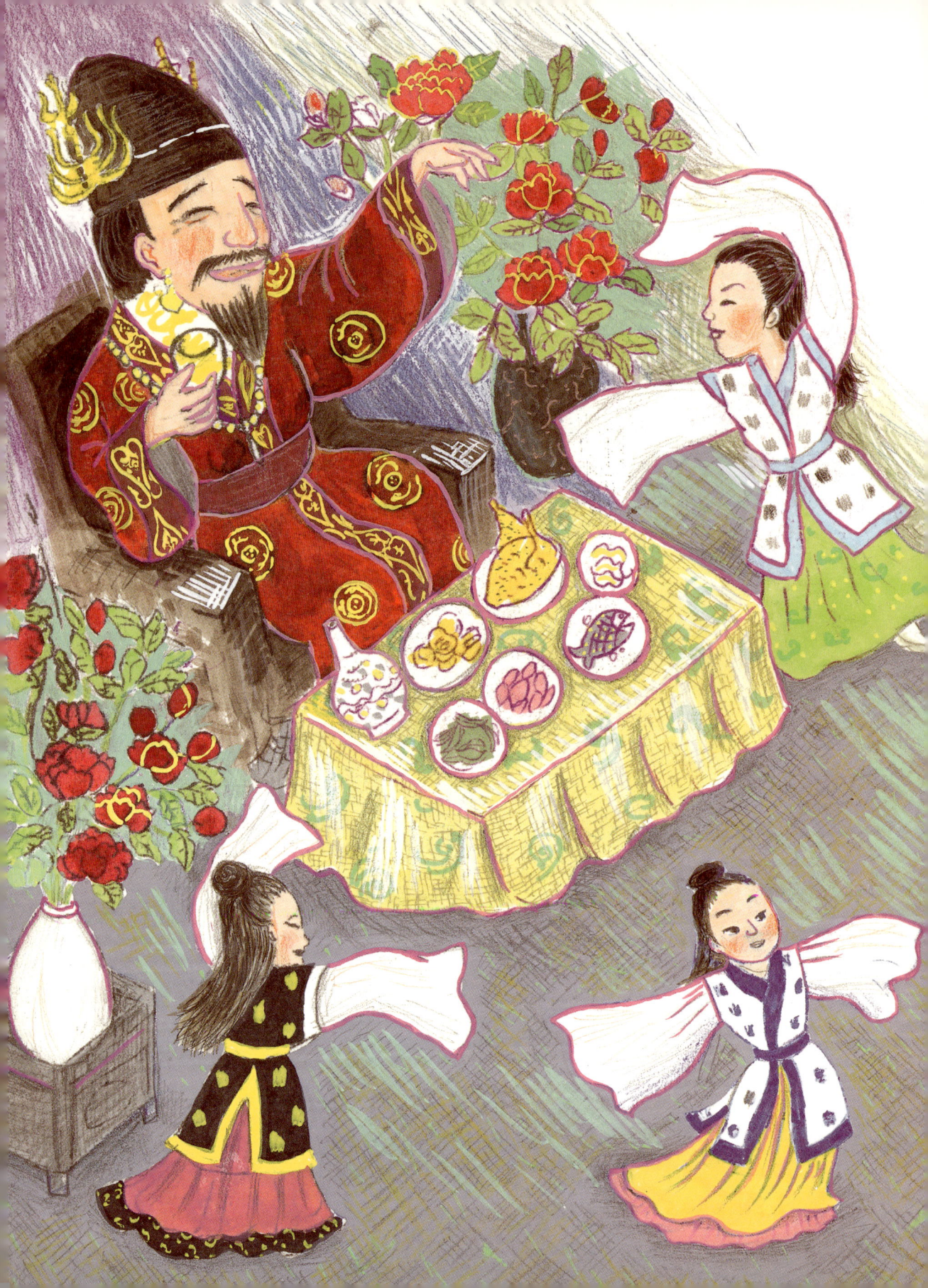

들어가 큰 승리를 거두기도 했고요.

하지만 이제 그런 모습을 의자왕에게서 찾기란 어려운 일이었어요. 의자왕은 오래도록 계속되는 전쟁에 지쳐 버렸던 거예요. 나라 곳곳에서 백제가 망할 거라는 소문이 돌기 시작했어요.

"궁중에 있는 늙은 나무가 사람 우는 소리 내는 거 들어 봤어? 아이고, 무서워. 이건 백제가 망할 징조야."

"어제는 온 성 안의 개들이 하도 짖어 대서 무슨 일이 났는 줄 알았다니까."

백성들의 마음은 불안해졌어요. 하지만 의자왕은 대수롭지 않게 여겼어요.

그러던 어느 날, 의자왕은 이상한 환상을 보았어요.

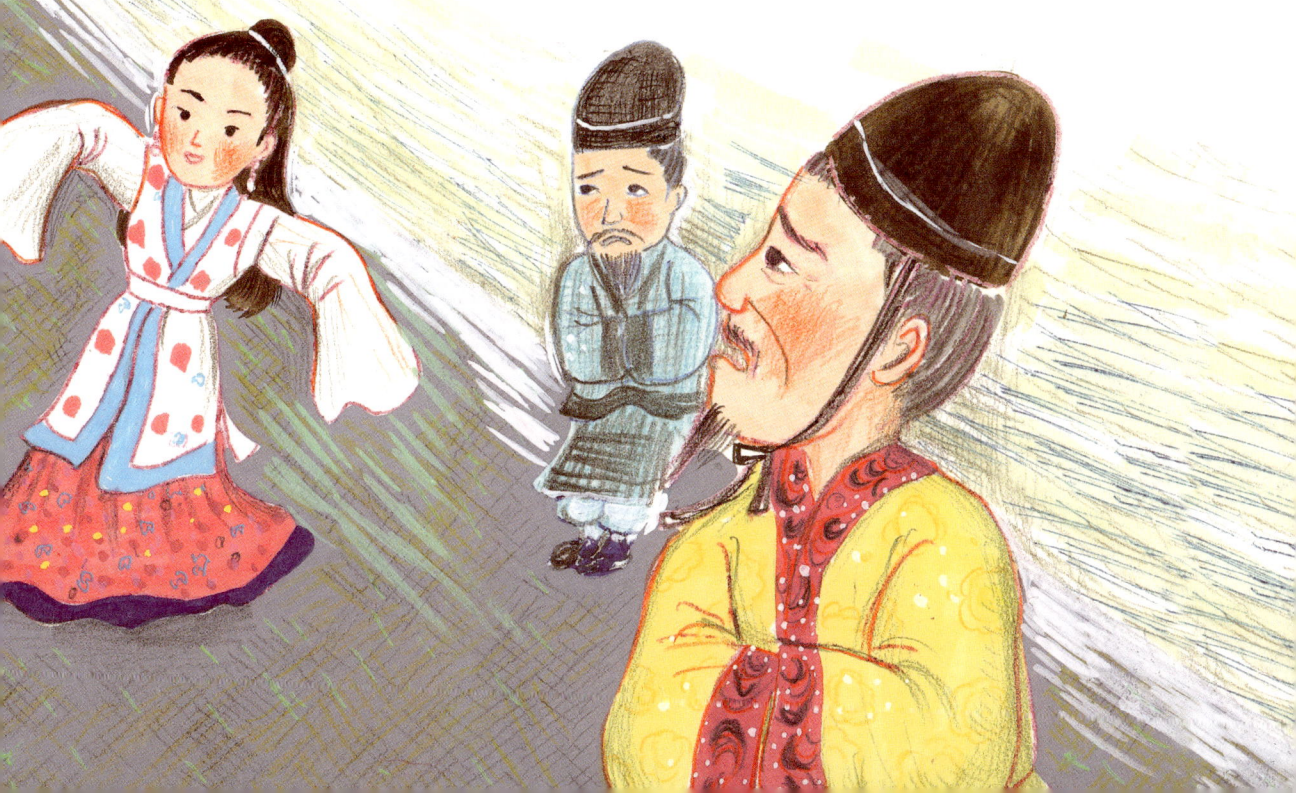

궁궐 안에 귀신이 나타나 큰 소리로 "백제는 망한다!"하고 외치더니 땅속으로 사라진 거예요. 하도 이상해서 의자왕은 귀신이 사라진 땅 밑을 파 보았어요. 그랬더니 그 속에서 거북 한 마리가 나왔는데, 등에 이런 글이 씌어 있었어요.

'백제는 보름달이요, 신라는 초생달이다.'

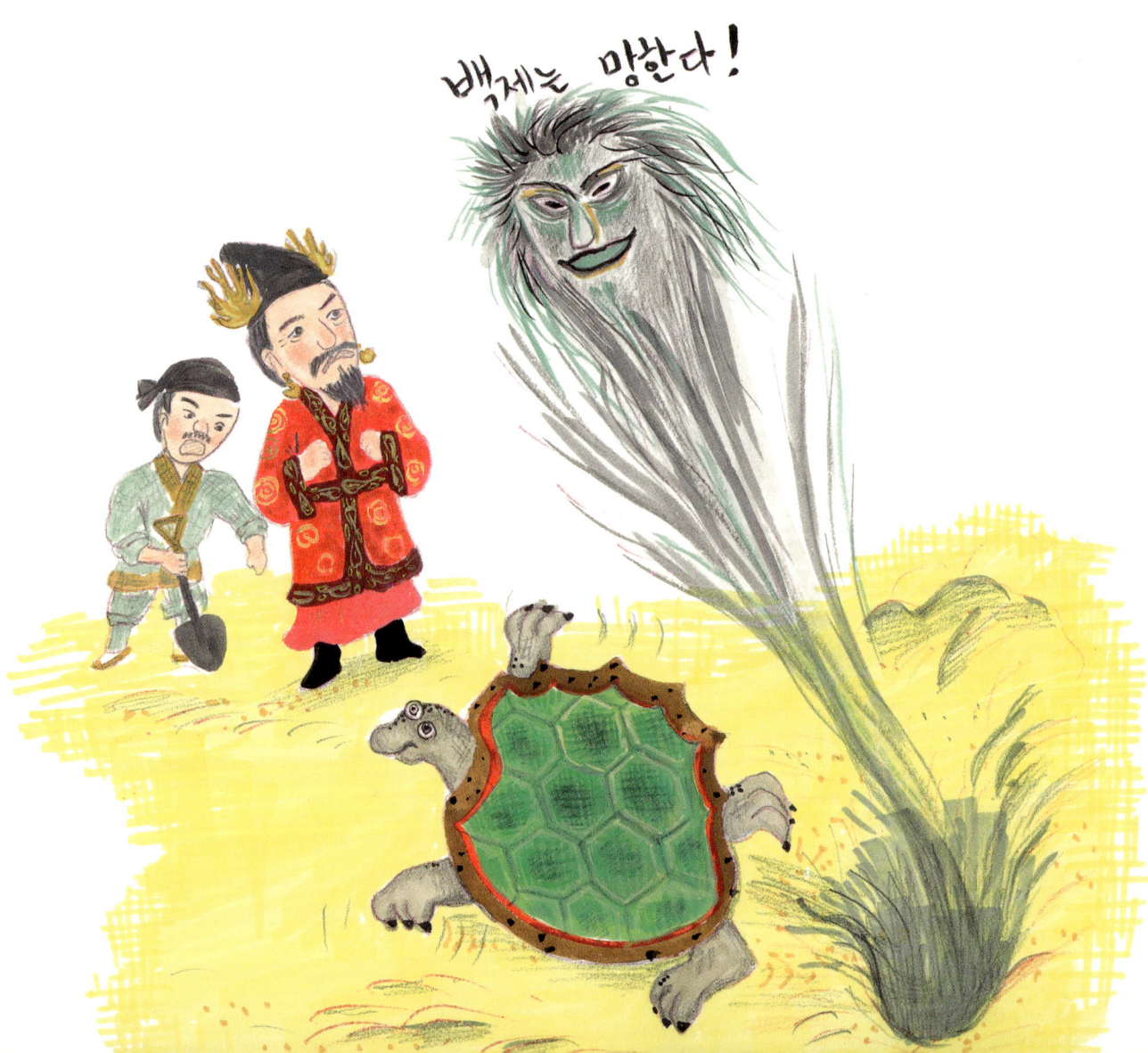

의자왕은 당장 무당을 불러 이 말이 무슨 뜻인지 물어보았어요. 곰곰이 생각하던 무당은 고개를 흔들며 대답했어요.

"이는 분명히 백제가 망한다는 뜻이옵니다."

"뭐라고?"

"초생달은 점점 커질 운명이니 신라는 흥한다는 뜻이고, 보름 달은 점점 작아질 운명이니 백제는 곧 망한다는 뜻입니다."

의자왕은 무당의 말을 믿고 싶지 않았어요. 자기 나라가 망한다는 말을 듣기 좋아할 왕이 어디 있겠어요? 몹시도 기분이 상한 의자왕은 그 자리에서 무당을 죽여 버리고 말았어요.

무당을 죽이고도 여전히 분이 풀리지 않은 의자왕은 다른 무당을 불러 똑같은 질문을 하였어요.

그러자 두 번째로 불려 온 무당은 죽임을 당할까 봐 무서워서 거짓으로 말했어요.

"보름달은 가장 큰 달이니 백제가 왕성해진다는 뜻이고, 초생 달은 제일 작은 달이니 신라의 힘은 보잘것없다는 뜻입니다."

의자왕은 이 말에 비로소 안심했어요. 그러고는 계속 술잔치를 벌였지요.

'그럼, 그렇지. 우리 백제가 어떤 나라인데! 그렇게 쉽게 무너

질 리가 없지.'

백제의 이런 모습에 기뻐하는 나라는 바로 신라였어요. 당나라와 힘을 합해 고구려보다 더 막강해진 신라는 호시탐탐 백제를 칠 기회만 엿보고 있었거든요.

'바로 지금이야! 백제는 지금 휘청대고 있어.'

손쉽게 백제를 이길 것을 자신한 신라의 김춘추는 당나라와 함께 백마강 쪽과 탄현 쪽으로 동시에 쳐들어갔어요. 백제는 완전히 독 안에 든 쥐 꼴이 되었어요.

신라와 당나라의 연합군이 쳐들어오고 있다는 소식이 백제 안에 퍼졌을 때, 이미 때는 늦었어요. 백제가 우왕좌왕하는 동안 연합군은 벌써 국경을 넘었어요.

"완전히 포위당했습니다."

"이럴 수가……!"

다급한 신하의 목소리에 의자왕은 그만 자리에 털석 주저앉았어요. 백제의 멸망이 그제야 가슴 깊이 느껴지기 시작했어요.

"큰일 났어. 신라와 당나라 군사들이 쳐들어오고 있대."

"그, 그럼 우린 이제 어떻게 되는 거지?"

"당나라 군사들에게 짓밟히느니 차라리 죽음을 택하겠어. 흑

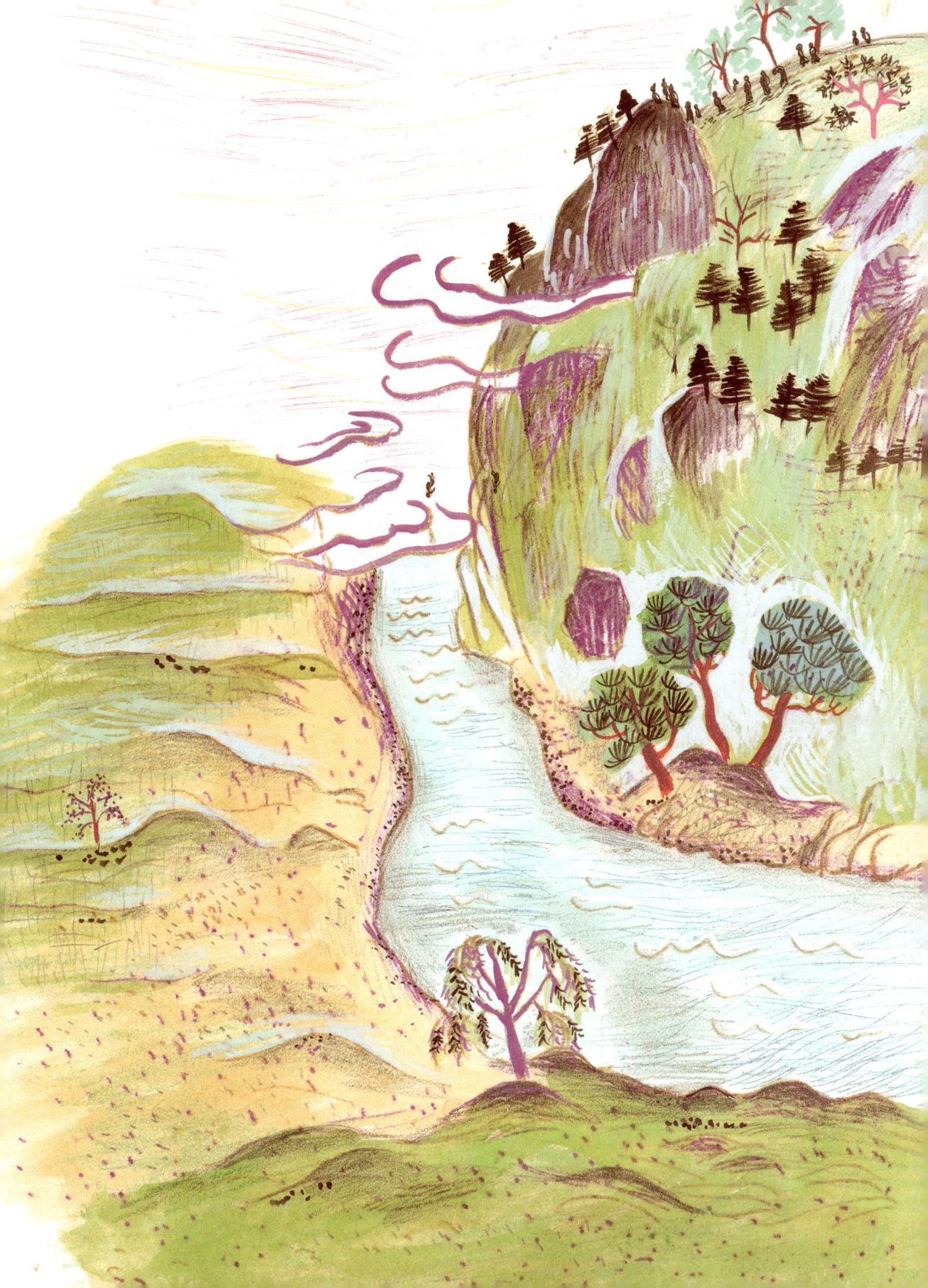

흑······."

"그래요. 차라리 백제와 운명을 함께 해요!"

백제의 멸망 소식이 궁 안에 퍼지자 궁녀 수천 명의 울음소리가 궁궐 안을 가득 메웠어요. 궁녀들은 곧바로 마음을 정하고 궐 밖으로 달려 나가기 시작했어요. 이들이 달려간 곳은 백마강이 흐르는 대왕포 바위 위였어요.

궁녀들은 차례로 대왕포 바위에 올랐어요. 아래를 내려다보니 아찔했어요.

'나라를 잃고 내 무엇을 하면서 살아갈까······.'

한 궁녀가 마침내 바위 아래 백마강으로 몸을 던졌어요. 뒤에 있던 궁녀들은 눈을 질끈 감았어요. 친구의 죽음을 보니 눈물이 흘러내렸어요. 하지만 처음 몸을 던진 궁녀의 죽음은 남아 있던 모두에게 용기를 주었어요.

"나도 따라갈래!"

궁녀들이 하나 둘 연이어 떨어지기 시작했어요. 아름다운 옷을 입은 궁녀들이 강물에 몸을 던지는 모습은 마치 바람에 떨어지는 꽃잎 같았어요. 수많은 궁녀들이 백제의 멸망을 눈앞에 두고 강 아래로 몸을 던진 곳, 이곳이 바로 '낙화암'이에요.

부여는 공주에 이어 백제의 두 번째 도읍지였어요. 백제의 운명이 끝나던 660년까지 123년 동안 백제의 마지막 도읍지로 자리 잡았던 곳이죠. 그래서 부여에는 백제의 마지막 모습을 볼 수 있는 곳이 많답니다.

그중에서 가장 큰 슬픔을 안고 있는 곳이 바로 백마강과 낙화암이에요. 백마강은 부여를 감싸고 도는 강으로 백제 시대의 부흥과 멸망을 모두 지켜봤던 증인인 셈이지요. 그때와 다름없이 지금도 조용히 흐르는 백마강을 따라 흘러가다 보면 낙화암을 만날 수 있어요. '낙화암'은 많은 궁녀들의 떨어지는 모습이 마치 꽃잎이 떨어지는 것과 같다고 해서 지어진 이름이에요.

나라의 위기를 미처 깨닫지는 못했지만 궁녀들은 한 나라의 궁녀로서 끝까지 절개를 지키려 했답니다. 그래서 스스럼없이 백마강 아래로 몸을 던질 수 있었던 거죠.

백제가 멸망하던 그날의 혼란스러움을 한번 상상해 보세요. 낙화암은 그 아름다운 이름 때문에 그만큼 더 슬프게 보이는 것 같아요.

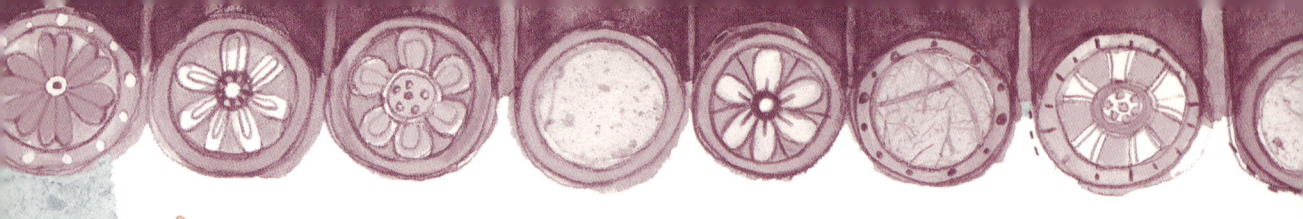

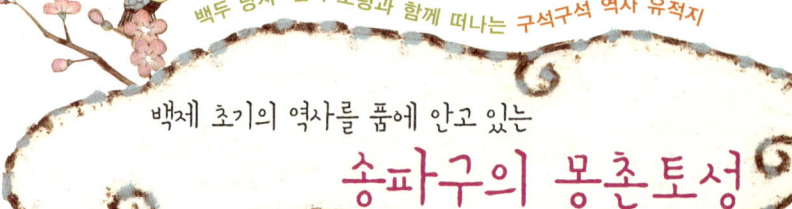

백제 초기의 역사를 품에 안고 있는

송파구의 몽촌토성

백제의 역사 유적지는 충청남도의 공주와 부여가 거의 전부라고 알고 있었는데요. 서울의 올림픽 공원 안에도 백제의 역사 유적지가 있다는 얘기를 들었어요. 어떤 유적지인지 자세히 알고 싶어요.

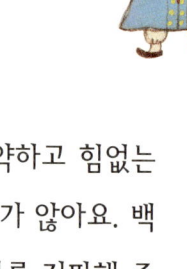

　백제는 삼국 중 가장 먼저 무너진 나라예요. 그래서 백제를 약하고 힘없는 나라로만 생각하는 사람들이 많은데요. 하지만 실제로는 그렇지가 않아요. 백제는 일찍부터 북방으로 영토를 넓히고, 중국·일본 등지로 문화를 전파해 준 막강한 나라였답니다. 다만 지금까지 백제의 이런 모습들이 제대로 알려지지 않았던 것뿐이지요.

　백제는 고구려를 떠나 남쪽으로 내려온 온조왕이 한강 유역

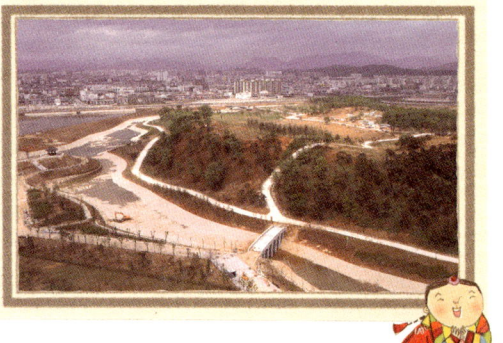

몽촌토성은 백제가 한강 유역에 나라를 세워 발전했던 때의 대표적인 토성이에요. 자연 지형을 이용해 진흙으로 성벽을 쌓았지요.

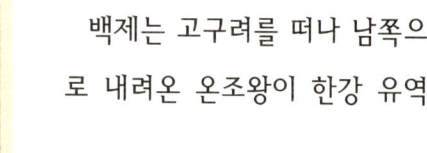

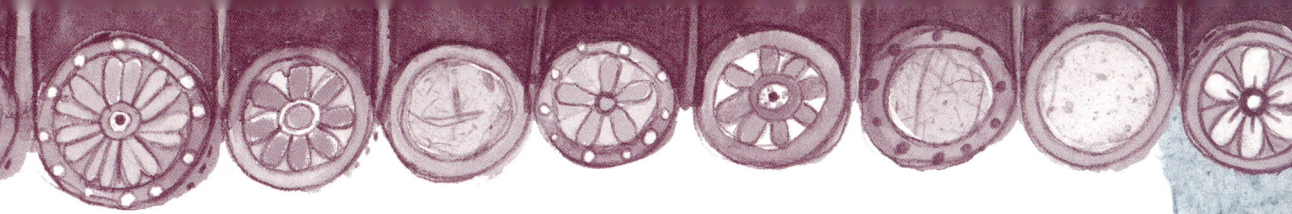

에 세운 나라예요. 이때 정한 도읍지가 바로 백제의 첫 번째 도읍지인 '위례성'이었지요. 그동안 위례성의 정확한 위치는 알 수 없었는데, 올림픽 공원 공사를 하다가 발견하게 되었지요. 발굴을 시작하고 그 비밀이 조금씩 벗겨지면서 그동안 평범한 백제의 토성 정도로만 생각했던 몽촌토성이 위례성일 가능성이 많다고 알려지게 된 거예요.

발굴된 백제 시대의 질그릇과 기와, 그리고 문화 교류를 통해 주고받았을 중국의 도기 등이 이런 사실을 증명해 주고 있었고요. 《삼국사기》에서 설명하고 있는 위례성이 몽촌토성의 지형과 비슷하다는 사실도 몽촌토성이 위례성일 것이라는 학설에 더욱 믿음이 가게 만들었답니다.

다만 왕들이 사용했을 법한 대단한 유물이나 유적들이 아직 나오지 않아 위례성이라 확정짓지 못하고 있을 뿐이에요. 하지만 몽촌토성 덕분에 잘 알려지지 않았던 백제의 초기 역사를 발굴해 낼 수 있었던 것은 분명 큰 수확이라고 할 수 있답니다.

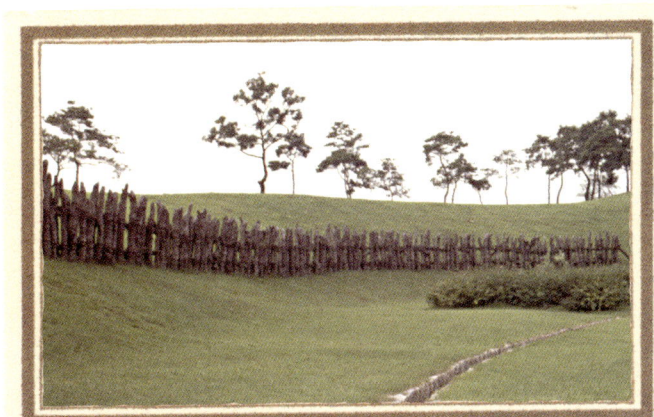

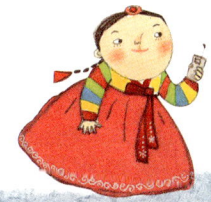

발굴 팀이 복원한 몽촌토성 안의 목책이에요.

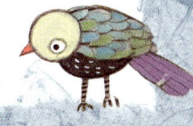

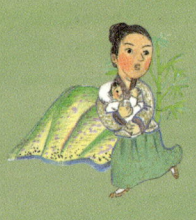

죽어서도 나라를 지키는 문무왕

경주 대왕암과
감은사

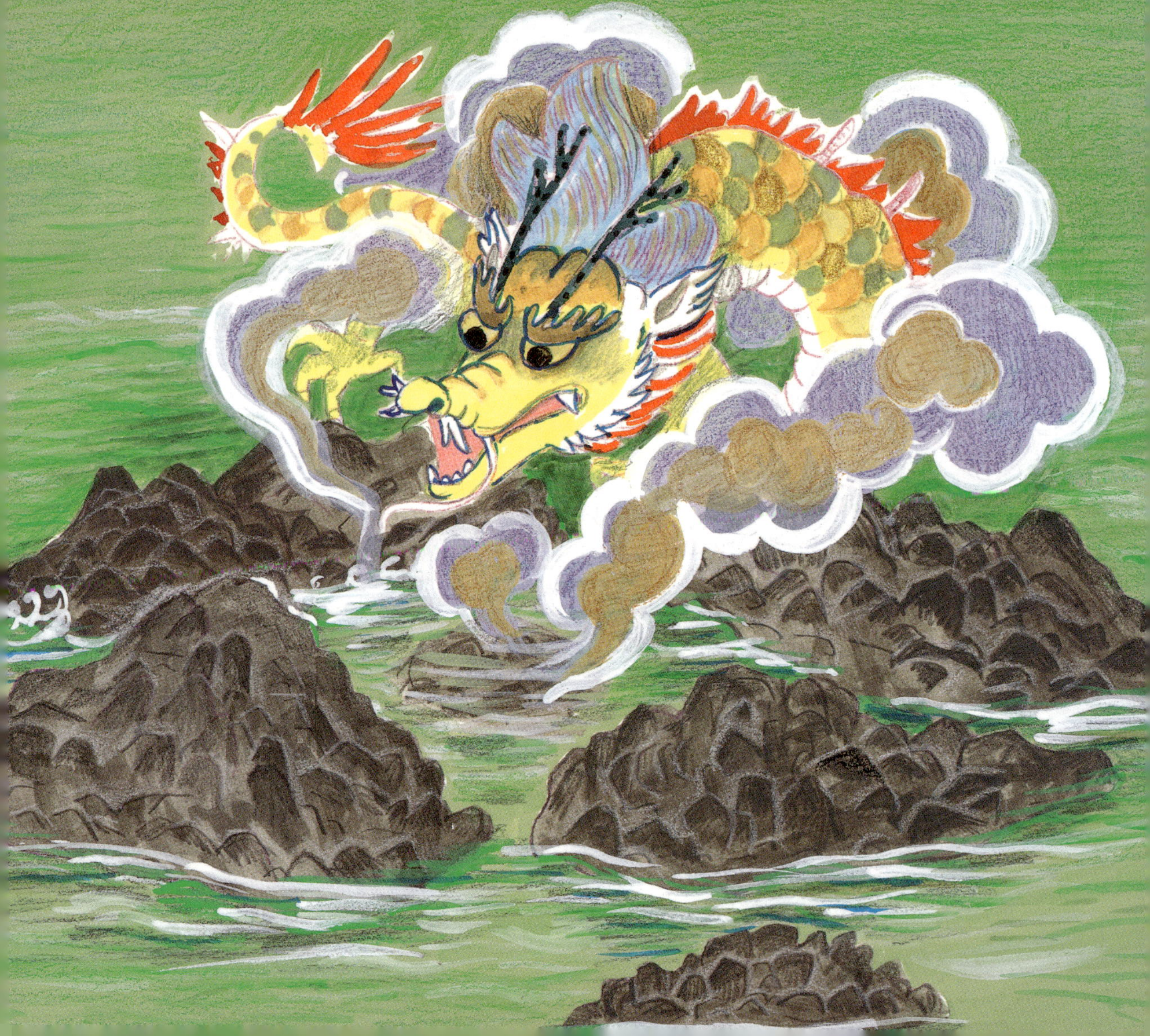

철썩철썩…….

동해 바다는 바위를 삼킬 듯 출렁거렸어요. 그 바위를 올라 바다를 바라보고 있던 문무왕의 가슴은 벅차 올랐어요. 고구려, 백제와의 길고 긴 싸움을 끝내고 마침내 삼국 통일을 이루기까지 힘든 순간들이 떠올랐기 때문이에요. 게다가 당나라 군사를 완전히 이 땅에서 몰아내기까지는 정말 많은 고생을 했었거든요. 자칫하면 당나라 군사들에게 많은 땅을 빼앗길 뻔했으니까요.

그런데 이토록 힘들게 얻은 통일의 기쁨은 오래가지 않았어요. 문무왕에게 또 해결해야 할 숙제가 생겼거든요. 그건 바로 왜구들이었어요. 동해 쪽으로 왜구들이 심심찮게 올라와 백성들의 재물을 빼앗아 갔기 때문이에요.

"왜구 때문에 살 수가 없어요."

"어제도 어둠을 틈타 왜놈들이 물건을 죄다 도둑질해 갔어요."

"제발 우리 동해 지역도 신경 좀 써 주세요. 정말이지, 왜놈들 때문에 마음 편히 살 수가 없다고요."

백성들의 하소연은 끝이 없었어요. 문무왕은 상소문을 읽을 때마다 몸을 부르르 떨었어요. 그동안 계속된 전쟁으로 한시라도 편할 날이 없었던 백성들에게 미안한 마음뿐이었어요.

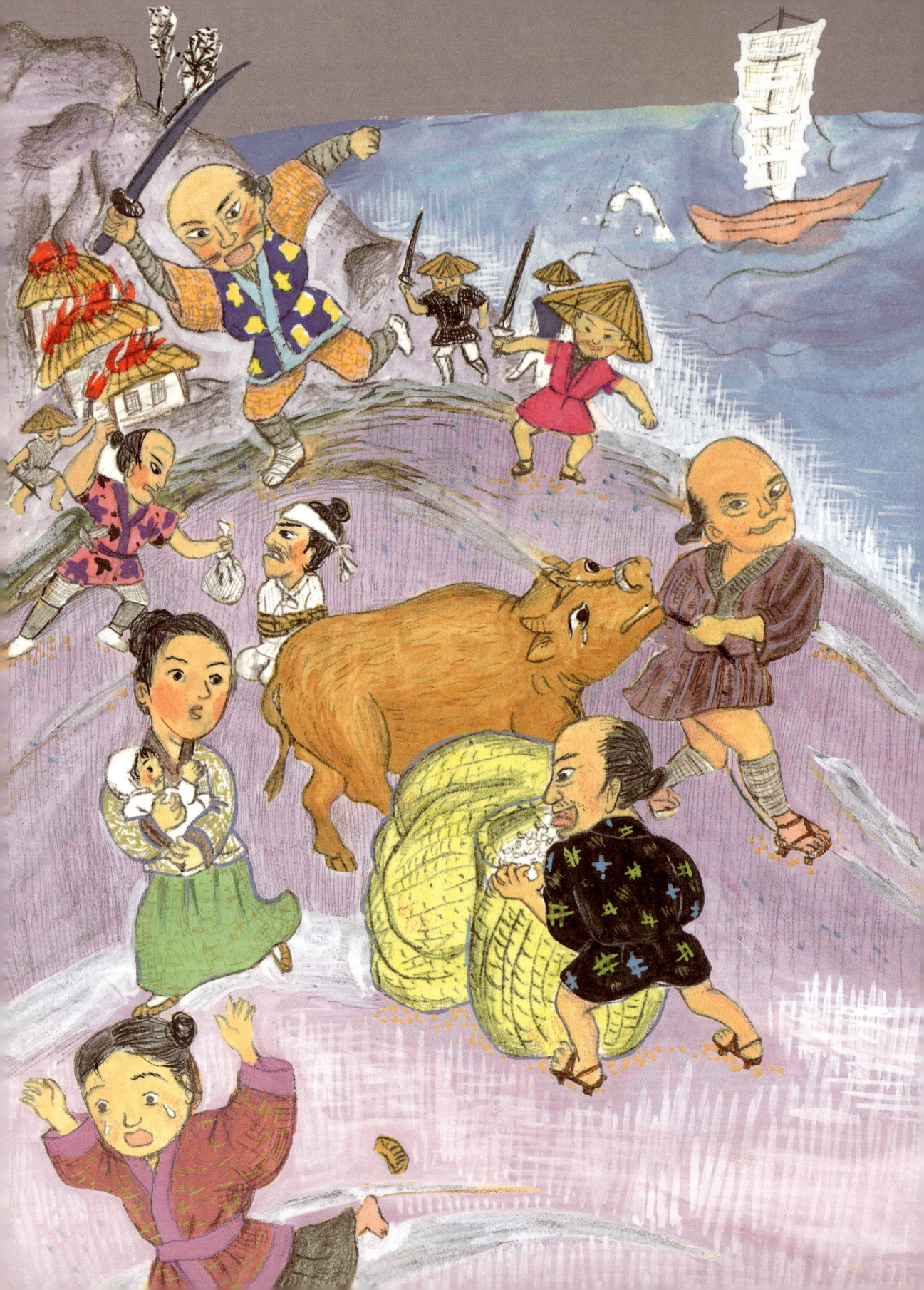

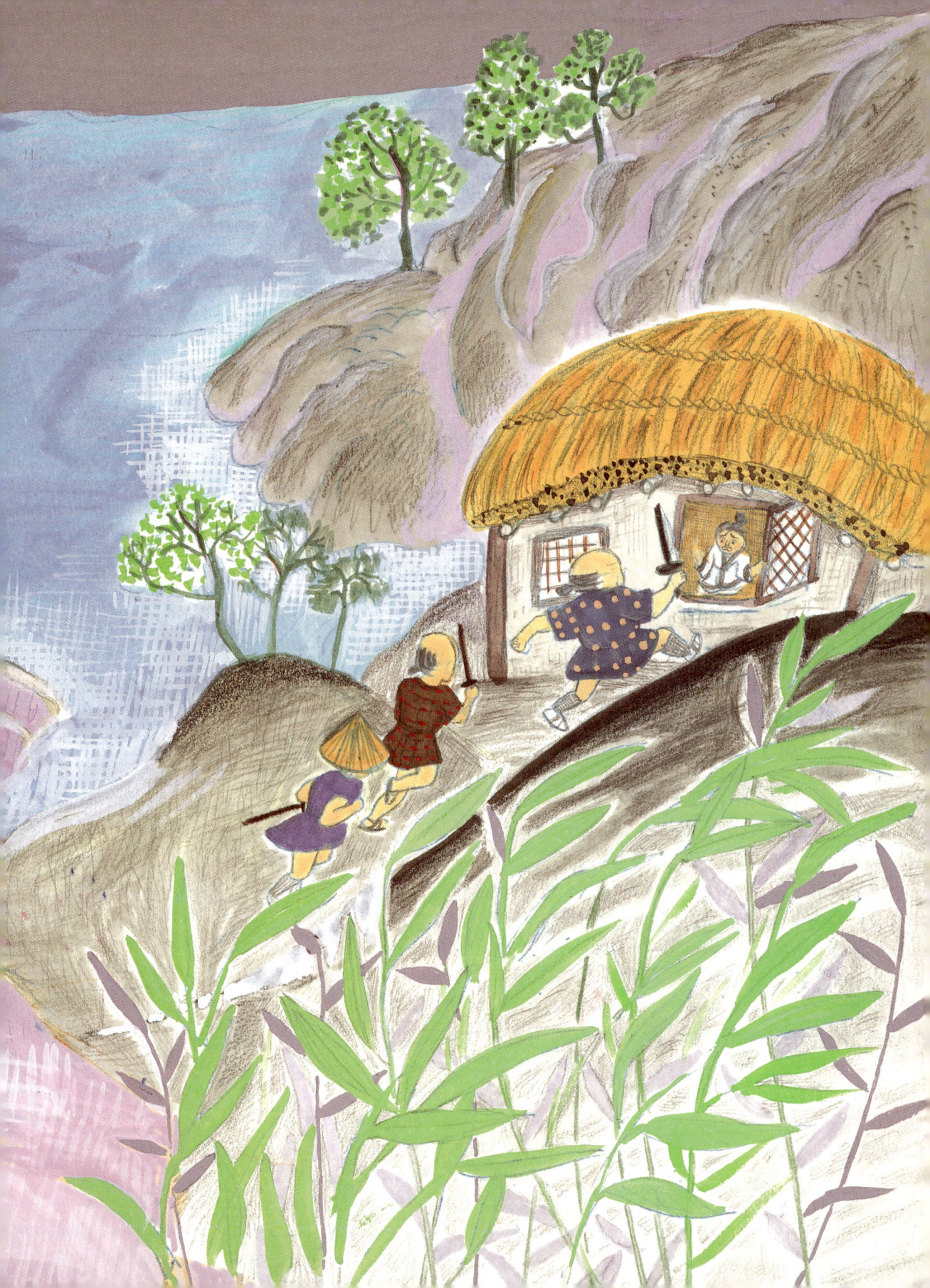

"잠시도 한눈팔지 말고 철저히 동해를 지키도록 하라. 왜구가 발견되는 즉시 한 놈도 빠짐없이 잡아들이고 엄한 벌로 다스려 다시는 우리 백성들을 괴롭히지 못하도록 하라."

문무왕은 동해 쪽을 지키는 군대에 명령을 내렸어요. 왜구들이 다시는 노략질을 못하도록 단단히 혼쭐을 내줄 참이었어요.

문무왕의 명령을 받은 군사들은 동해를 철통같이 지켰어요. 해안선을 따라 몰래몰래 숨어 들어오던 왜구들은 모두 우리 군사들에게 잡힐 수밖에 없었답니다.

"기쁜 소식입니다! 우리 군사들이 왜구를 완전히 진압했다고 합니다!"

조정으로 들어오는 소식은 골칫덩어리였던 왜구를 모두 잡아들여 엄히 다스렸다는 기분 좋은 소식이었어요.

문무왕은 이곳에 절을 짓기로 마음먹었어요. 늘 불안했던 동해 바닷가에 절을 짓고 부처님을 모시면 틀림없이 우리나라를 지켜 줄 거라고 믿었기 때문이에요.

하지만 문무왕은 이 절이 완성되는 걸 보지는 못했어요. 숱한 전쟁 때문에 그동안 제대로 몸을 돌보지 못해 병이 들어 쓰러지고 말았기 때문이지요.

"아바마마, 이제 좀 정신이 드세요?"

병석에 누워 있던 문무왕은 천천히 눈을 떴어요. 주위로 신하들이 근심 어린 표정으로 문무왕을 바라보고 있었어요.

"이제 내 명도 다한 듯싶구나……."

여기저기서 울음소리가 들렸어요. 문무왕은 자신의 죽음을 예감한 듯 마음속에 생각해 두었던 말을 하기 시작했어요.

"잘 들으시오. 지금까지 우리 강산은 삼국으로 나뉘어 싸우느라 정신이 없었소. 이 때문에 백성들의 고통은 이루 말할 수 없었을 게요. 그런데 이제 좀 나라가 안정되고 평화를 찾을 만하니 동해안에 왜구들이 나타나 또 우리 백성들을 못살게 굴고 있소. 나는 죽어서 반드시 용이 될 것이오. 용이 되어 바다에서 왜구들이 날뛰지 못하도록 이 나라를 지킬 것이니, 부디 나의 뼈를 동해에 뿌려 주시오. 또 임금의 무덤이라 하여 화려하게 꾸미는 것은 낭비일 뿐이니 나의 몸은 반드시 화장하고, 장례는 최대한 절약하여 검소하게 치르도록 하시오."

문무왕은 이런 유언을 남기고 숨을 거두고 말았어요. 백성들이 걱정이 되어 죽는 순간까지도 나라 걱정만 했던 문무왕, 동해 바닷가에 절을 짓는 것만으로는 안심할 수 없었던 문무왕은 끝내 자신이 직접 바다의 용이 되어 나라를 지키겠다는 결심을 한 거예요.

문무왕의 장례는 유언대로 검소하게 치뤄졌어요. 그리고 지금까지 돌아가신 왕들이 모셔졌던 화려하고 요란한 명당 자리와는 전혀 상관없는 동해 앞바다에 모셔졌어요. 문무왕의 뼛가루가 담긴 함은 사방이 바위로 둘러싸인 바위섬 안에 묻혔어요. 바로 이 바위섬을 '대왕암'이라고 부른답니다.

경주에서 토함산 자락을 타고 다시 넓은 들판길을 따라가다 보면 동해 바다 용당포가 나와요. 바로 그곳에 서면 대왕암을 만날 수 있어요. 대왕암은 자연 암석들이 일정한 간격을 두고 세워져 있는데, 그 안에 거북등 모양의 돌이 얹혀져 있어요.

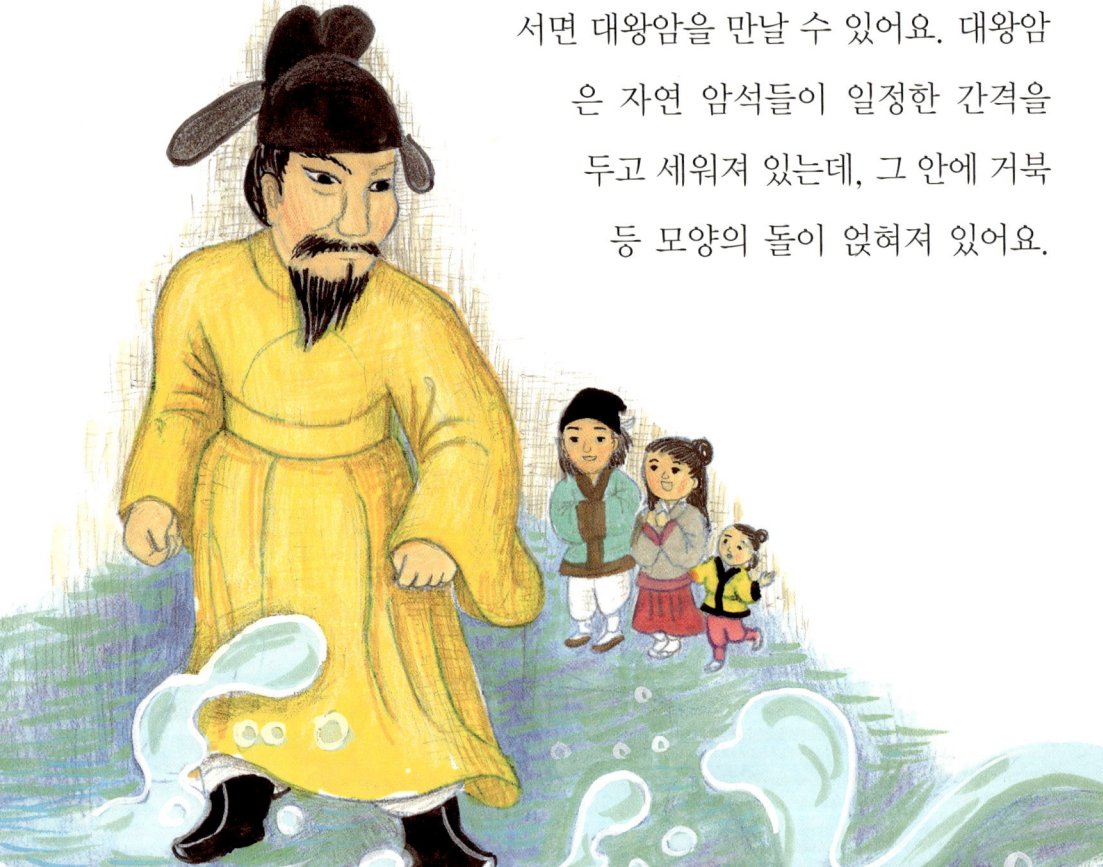

아마도 문무왕의 뼛가루가 담긴 함이 모셔져 있겠지요. 하지만 아무도 그 돌 밑에 무엇이 있는지 알 수 없어요. 문무왕의 뜻을 기리기 위해 대왕암을 발굴하지 않기로 했기 때문이에요.

과연 문무왕은 죽어서 정말로 바다의 용이 되었을까요? 그렇다면 이제 아버지 문무왕의 뒤를 이어 왕위에 오른 신문왕의 이야기를 들어 보도록 해요.

문무왕의 아들 신문왕은 아버지가 채 짓지 못한 동해안의 그 절을 이듬해에 마저 지었어요. 그리고 왕의 큰 은혜에 감사한다고 하여 절 이름을 '감은사'라고 했어요.

동해 어귀에 감은사가 완성되던 즈음, 신문왕은 절 한쪽에 동쪽으로 구멍을 내는 걸 잊지 않았어요. 그건 아버지 문무왕이 죽어 바다의 용이 되어서도 이 감은사를 와 볼 수 있도록 하기 위해서였지요.

현재 감은사는 전쟁 때문에 불에 타서 그 터만 남아 있는 상태예요. 하지만 신문왕이 아버지를 위해 파 놓았다는 그 구멍은 지금 감은사터 초석에서도 찾아볼 수 있답니다.

이 감은사에 전해 내려오는 이야기가 있는데요. 바로 '만파식적'이라는 피리 이야기예요.

신문왕이 문무왕을 그리워하며 나랏일을 돌볼 때였어요.

어느 날 신하가 급히 들어오더니 왕에게 이상한 이야기를 전하는 것이었어요.

"동해 앞바다에 작은 산이 떠서 자꾸만 감은사 쪽으로 왔다갔다 한다고 합니다."

"그래?"

그 산을 보고 온 신하는 산 위에 대나무가 한 그루 있는데 낮에는 둘이 되고 밤에는 합해져서 하나가 되더라고 했어요. 점술가들은 그건 돌아가신 문무왕과 김유신 장군이 마음을 합해 이 나라를 지켜 줄 징조라고 했어요.

신문왕은 당장 그 산으로 달려갔어요. 그때 어디선가 용이 나타나 신문왕에게 말했어요.

"손뼉도 마주쳐야 소리가 나고 대나무도 합쳐졌을 때 소리가 나는 법이지요. 이것은 왕이 소리의 이치로 천하를 다스리게 될 좋은 징조입니다. 이 대나무로 피리를 만들어 부십시오. 그리하면 천하가 평화로워질 것입니다."

용의 말대로 신문왕은 대나무를 베어 피리를 만들었는데, 그 피리가 바로 만파식적이에요. 신문왕은 어려울 때마다 피리를 불었

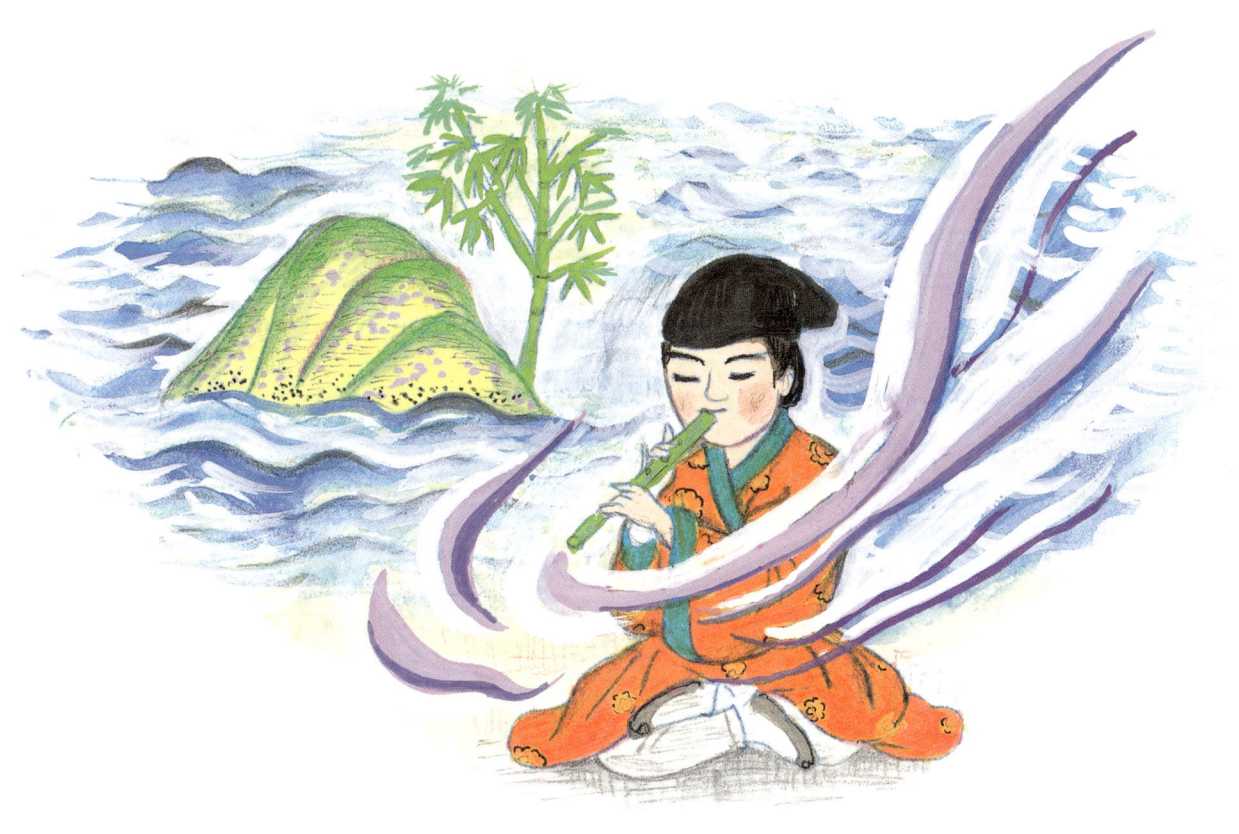

어요. 그런데 신기하게도 만파식적을 불면 쳐들어오던 적군이 물러가고 가뭄 때는 비가 오고 홍수가 나면 비가 그치는 기적들이 일어나기 시작했어요. 문무왕은 죽어서도 나라를 지키겠다는 약속을 어기지 않은 거예요.

이렇듯 대왕암과 감은사지, 경주 부근에 있는 이 두 유적은 죽어서도 나라를 지키겠다는 문무왕의 뜻이 간직되어 있는 곳이랍니다.

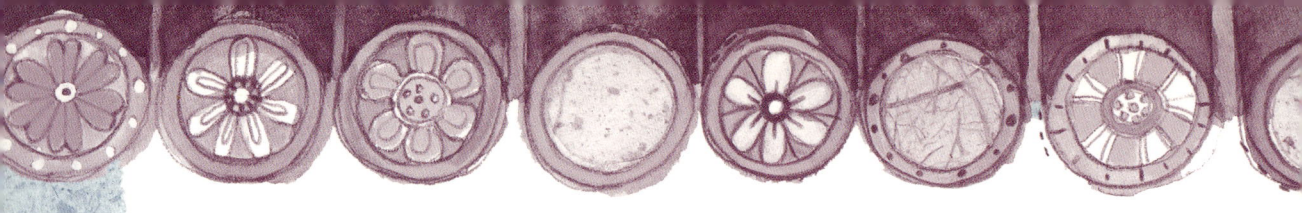

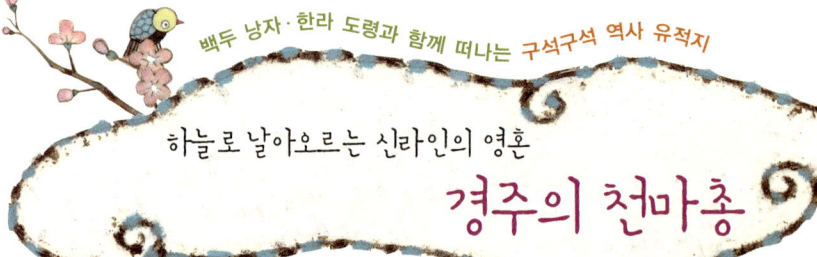

하늘로 날아오르는 신라인의 영혼

경주의 천마총

가는 곳마다 거대한 왕릉과 석탑, 불상들이 있는 신라 시대 천 년의 도읍지, 경주! 바로 이곳에 우리가 텔레비전이나 책에서 종종 들어 보았던 '천마총'이 있대요. 이 천마총은 누구의 무덤인가요? 또 그 내부에는 무엇이 있나요? 자세히 알고 싶어요.

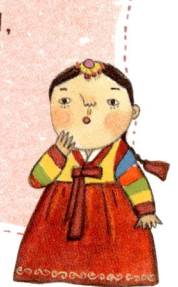

경주에서 가장 큰 고분은 경주 황남동에 있는 대릉원인데요. 이 무덤들 중에서 빼놓을 수 없는 것이 바로 '천마총'이에요. 높이가 12.7미터에 지름이 47미터나 되는 천마총은 대릉원 중에서도 유일하게 무덤 내부의 구조를 다 볼 수 있는 곳이거든요.

천마총이 처음으로 발굴되었을 때 사람들은 깜짝 놀랐대요. 목관 안에는 금으로 된 허리띠를 차고, 왕관을 쓰고, 옆에 칼을 차고, 팔목에 금팔찌와 은팔찌를

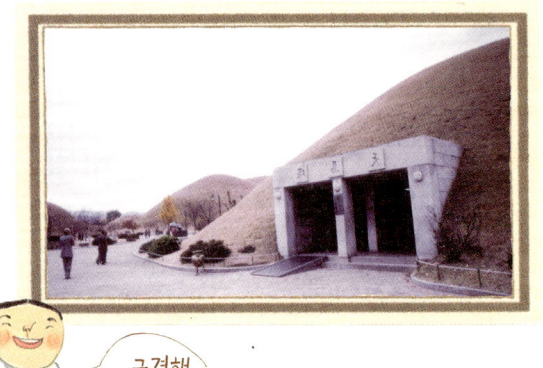

구경해 볼까요?

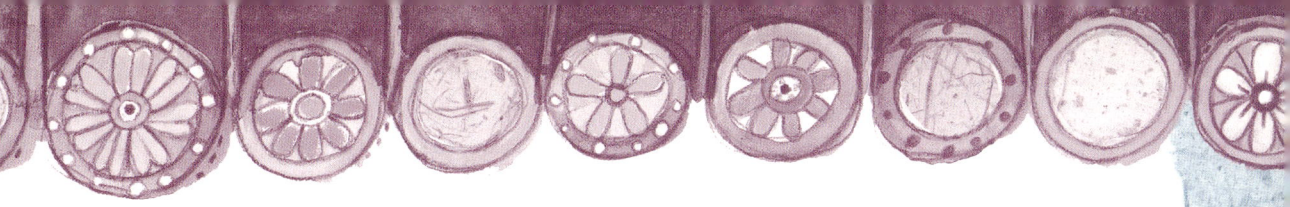

끼고, 손가락마다 금반지를 낀 주검이 누워 있었거든요.

1500여 년의 오랜 시간 동안 땅속에 묻혀 있었던 화려한 주검의 모습에 사람들은 감탄할 수밖에 없었대요.

천마총 안에서 발굴된 것 중 천마도와 금관은 특히 중요한 유물이에요. 천마도

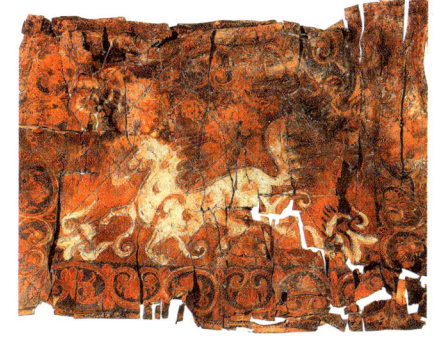

천마도

는 하늘을 나는 흰 말을 그린 그림으로, 죽어서 하늘 위로 날아오르는 신라인의 영혼을 표현한 것이라고 볼 수 있어요. 이것은 신라 시대의 유일한 미술품으로 신라의 그림 수준을 말해 주는 아주 귀중한 자료랍니다.

또한 이곳에서 나온 금관은 지금까지 발굴된 신라의 금관 가운데 가장 큰 것이에요. 금관의 모양은 사슴뿔같이 생긴 가지가 4단으로 구성되어 있답니다.

화려함의 극치를 이룬 이 금관을 쓴 사람은 과연 누구였을까요? 천마총은 아직도 밝혀지지 않은 많은 비밀을 간직한 채 우리를 옛 신라의 시대로 안내하고 있답니다.

천마총의 금관

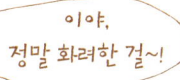

이야, 정말 화려한 걸~!

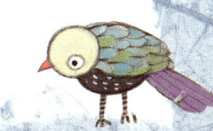

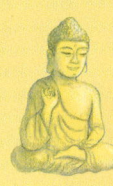

통일 신라의 불교 문화가 한자리에

경주 불국사

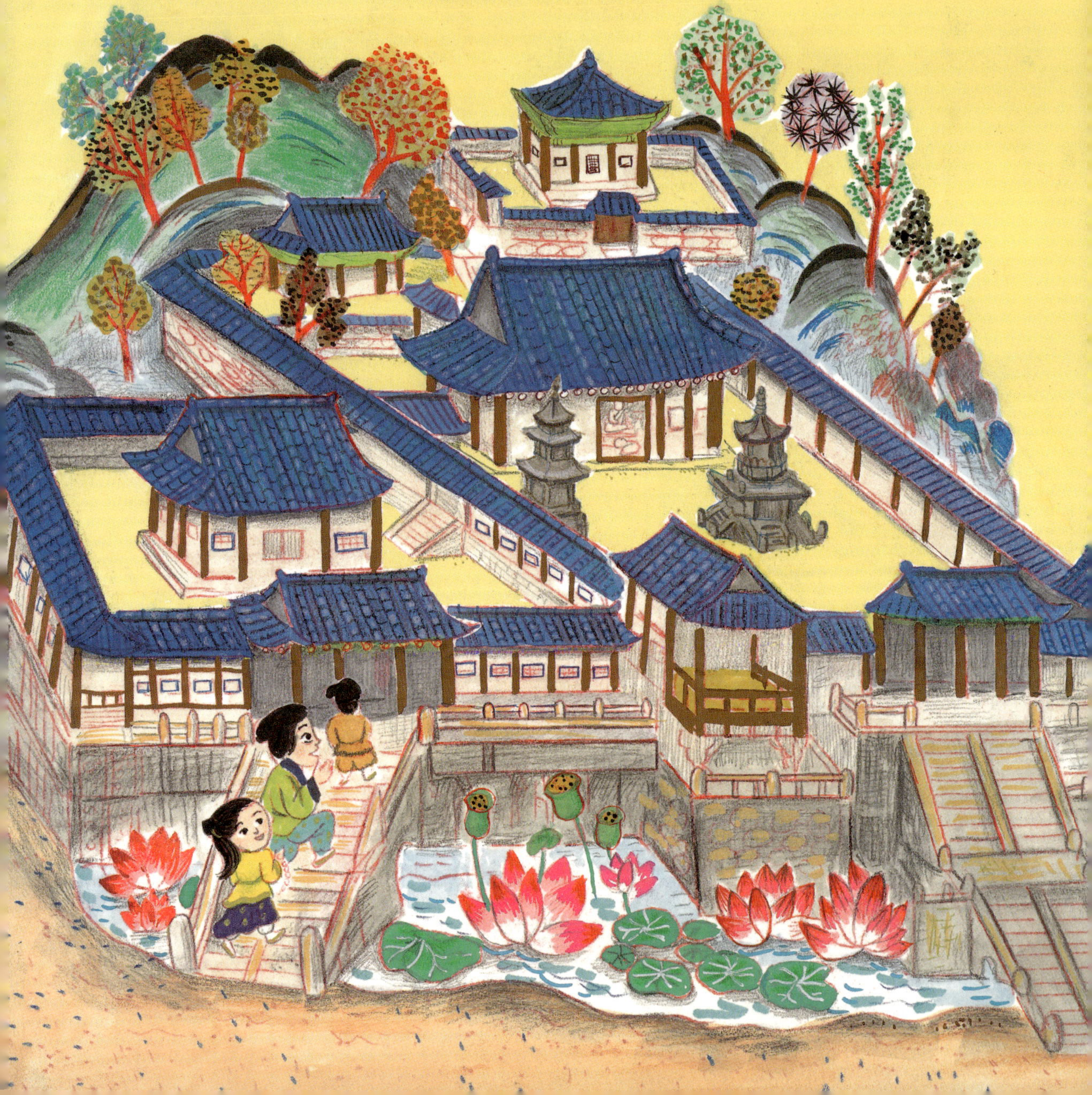

신라의 35대 경덕왕 때는 문화적으로 가장 번성했던 때였어요. 에밀레종, 불국사, 다보탑, 석가탑, 석굴암 등이 모두 이때 만들어지기 시작했답니다.

경덕왕은 고구려, 백제, 신라의 모든 국민들이 힘을 합해 절을 짓거나 탑을 만든다면 자연스럽게 하나가 될 수 있을 거라 생각했어요.

비록 통일 신라 이전에는 서로 전쟁을 치르던 사이였지만, 오랜 시간이 흐른 지금은 모두가 같은 나라 같은 백성이라는 생각이 중요했거든요. 그런 점에서 불교와 같은 신앙은 나라를 이끌 수 있는 큰 힘이 되어 주었어요.

"절을 지어 이번 기회에 우리 백성들의 힘을 한데 모아 보는 게 어떻겠소?"

"옳으신 생각입니다. 백성들도 통일 신라의 위대함을 다시 한 번 깊이 느낄 수 있을 것입니다."

'그런데 이 일을 누구에게 맡기지?'

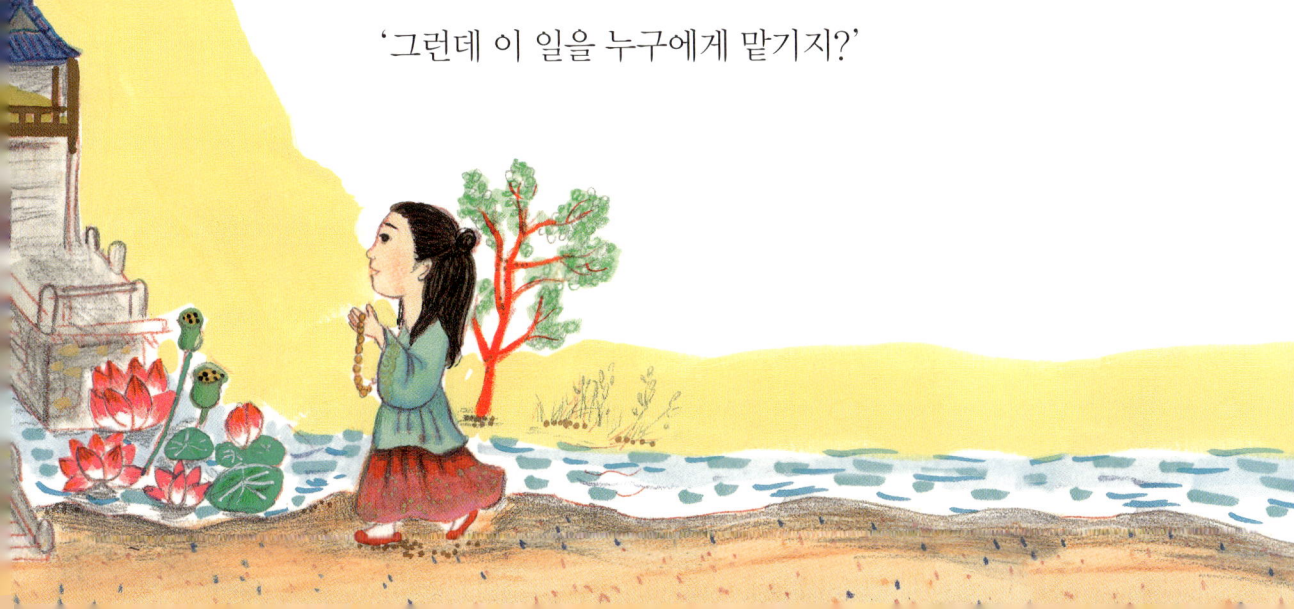

경덕왕은 이 거대한 공사를 누구에게 맡길 것인가 고민했어요. 워낙 규모가 커서 아무에게나 맡길 수는 없었거든요. 많은 고심 끝에 결정한 사람이 바로 김대성이에요.

김대성은 젊은 나이에 세상을 떠나 부처님의 도움으로 다시 태어났다고 전해져요. 그 후 김대성은 부처님의 은공에 보답하기 위해 여러 절을 지었어요. 불국사 공사를 선뜻 맡게 된 것도 이러한 이유 때문이라고 해요. 하지만 아무리 절을 세운 경험이 있다고 해도 통일 신라 최고의 사찰을 짓는다는 일은 여간 어려운 게 아니었어요.

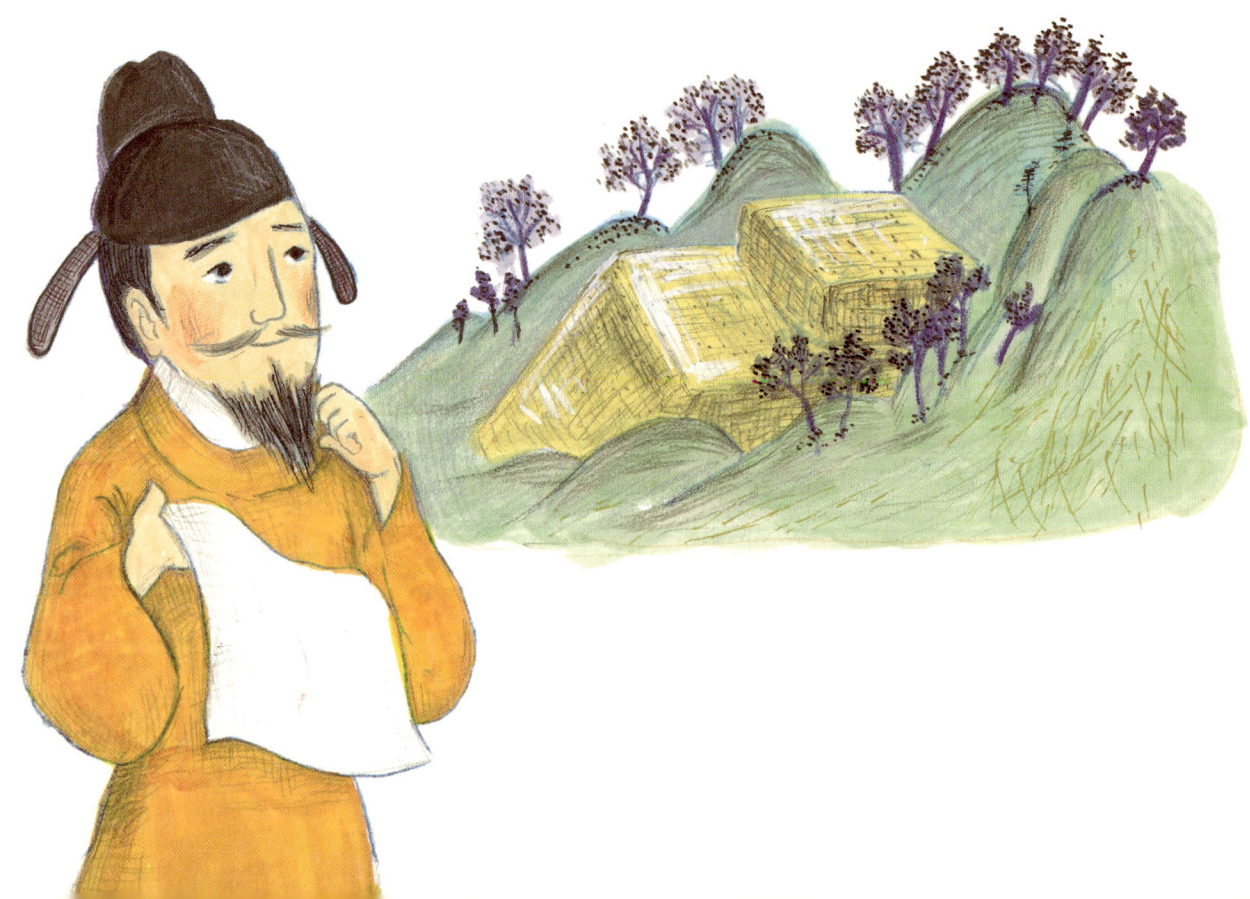

김대성은 밤잠을 설치며 고민했어요.

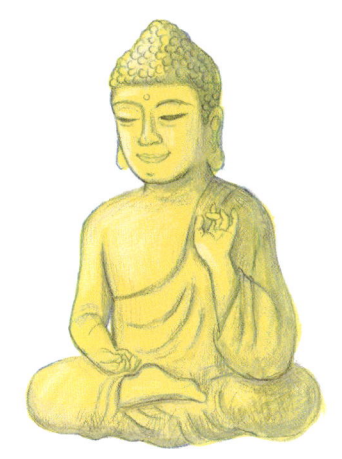

'통일 신라의 힘을 보여 주려면 크게 만드는 것도 중요하지만, 무엇보다 중요한 건 부처님의 덕을 어떻게 잘 나타내느냐 하는 것일 거야. 이 두 가지 모두를 만족시킬 수 있게 짓는 방법은 없을까?'

김대성은 불국사가 들어설 자리를 둘러보며 생각에 잠겼어요.

그러다가 김대성의 머릿속에 새로운 생각이 떠올랐어요. 통일 신라 초기에 지은 절들은 대부분 평지에 지어졌어요. 그런데 불국사는 좀 다르게 짓고 싶다는 생각이 들었던 거예요.

'그래, 부처님의 높은 뜻을 기리듯 불국사를 평지보다 좀 더 높은 곳에 짓는 거야.'

김대성은 땅 위에 축대를 쌓고 그 축대 위에 다시 평지를 만들라고 명령했어요. 좀 더 높은 곳에 부처님을 모시고 싶다는 생각에서였어요.

그리고 그 위에 지어질 대웅전, 극락전, 비로전 등 중심이 되는 건물에 아주 많은 공을 들였어요. 각 건물마다 그곳에 오르기 위한 계단과 문 등을 당대 최고의 건축가들로 하여금 짓게 했어요.

특히 부처님을 모신 대웅전은 아름답기 그지없었지요.

대웅전에 오르기 위해 만든 계단은 무척 화려하고 세련된 모습을 자랑하는데요. 이 계단이 바로 유명한 청운교, 백운교예요. 김대성은 이 계단을 오르는 사람이면 누구나 부처님의 극락 세계로 들어가는 것 같은 경건한 마음이 들길 바랐어요.

이렇게 해서 시작된 불국사 건축은 20여 년이 넘게 걸렸어요. 규모가 워낙 커서 공사 기간이 점점 늘어났기 때문이에요. 불국사가 완공되기를 누구보다 간절히 기다렸던 경덕왕은 나이가 들어 건강이 나빠졌어요.

"내 생애 최고의 사찰이 될 불국사의 완공을 다 보지 못하고 가다니……."

결국 경덕왕은 불국사가 다 지어진 것을 보지 못한 채 숨을 거두고 말았어요. 공사는 경덕왕을 거쳐 아들 혜공왕에게로 이어졌어요. 물론 김대성은 그때까지 계속 어마어마한 작업의 진행을 도맡아 했었죠. 하지만 김대성 역시 자신이 이끌고 가던 불국사 공사를 다 마치지 못한 채 숨을 거두고 말았어요.

774년, 김대성이 죽자 조정에서는 크게 슬퍼하며 불국사 공사를 마무리했다고 해요.

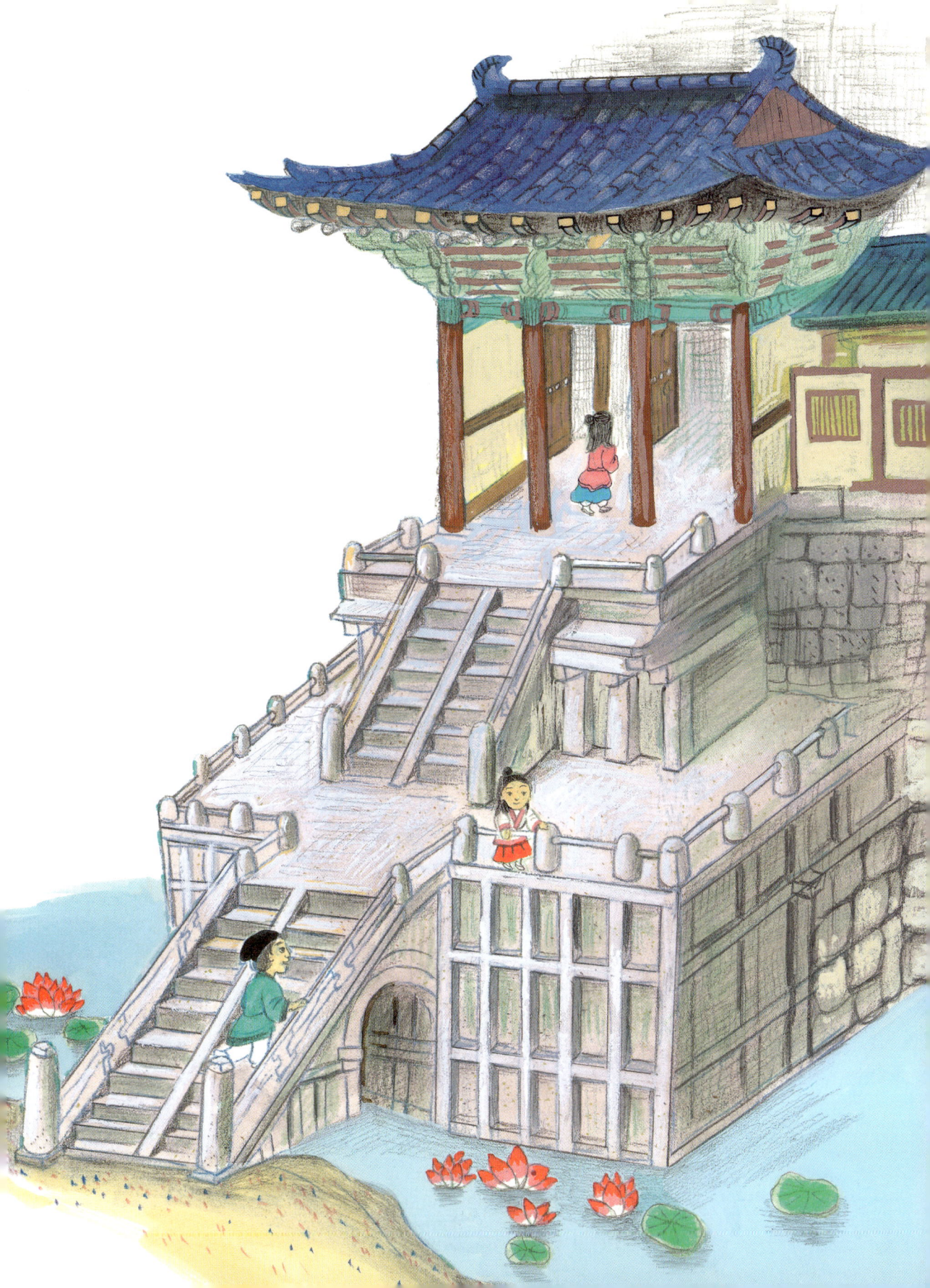

불국사는 중국 당나라의 영향을 받아 지어졌다고 해요. 당시 경덕왕은 당나라의 큰 영향을 받아 정치를 했어요. 당나라 제도를 본받아 신라 전국을 9주 5소경으로 나누고 땅 이름도 당나라 방식으로 바꾸었지요.

　　그러니 불국사도 자연스럽게 당나라의 건축 양식을 본받게 되었겠지요. 당나라 때는 중국 역사상 문화적으로 가장 번성했던 시기로 알려져 있어요. 이런 당나라의 영향을 받은 터라 불국사도 화려하고 뛰어난 불교 문화의 절정을 보여 준답니다.

　　삼국의 신라 시대 때부터 통일 신라의 수도로 오랜 역사를 간직하고 있는 경주의 불국사.

　　그렇다면 지금부터는 불국사가 보여 주는 당시 불교 문화의 아름다움이 어떤 것인지 한번 자세히 들여다볼까요?

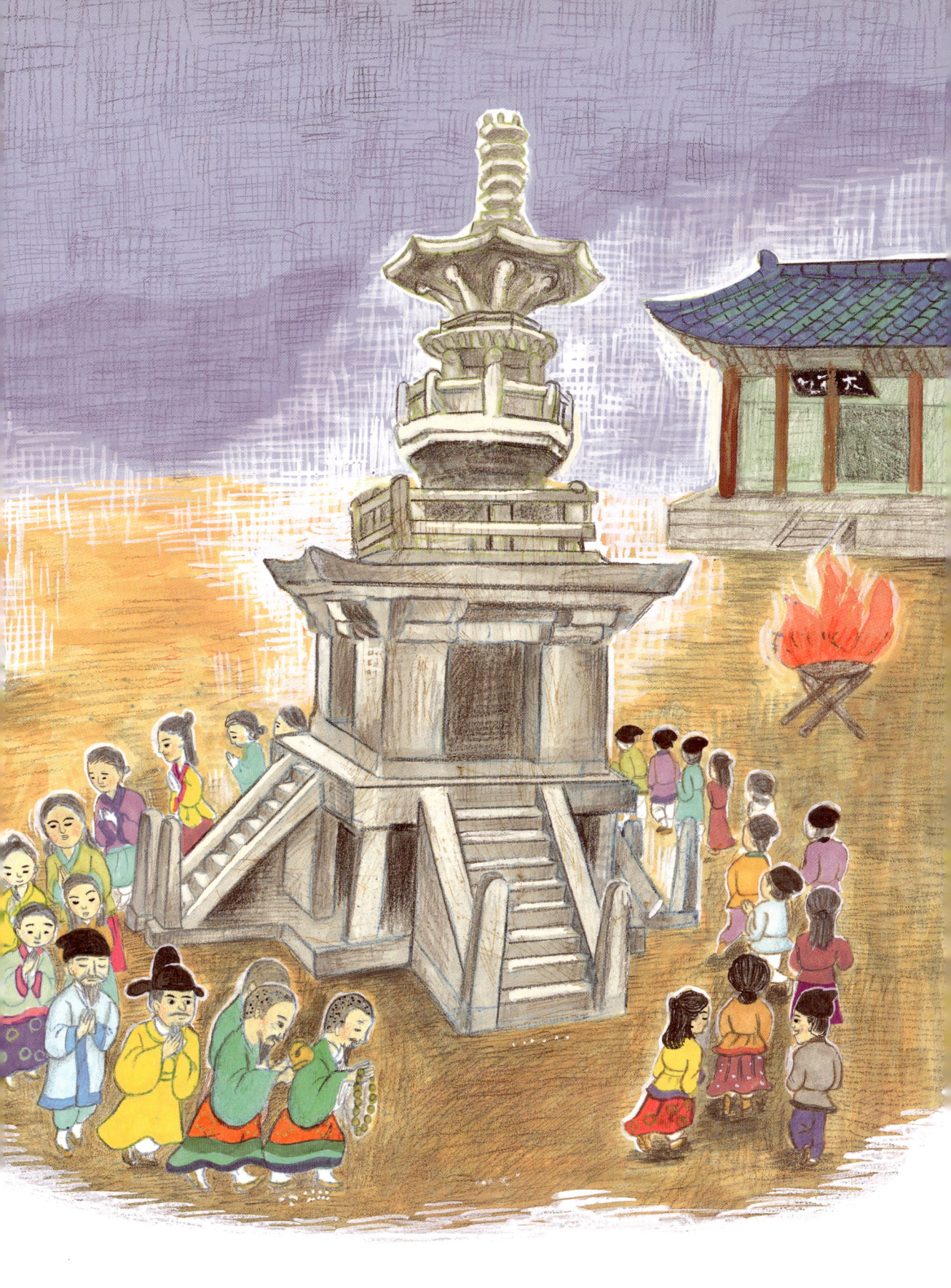

"야, 진짜 넓다. 다른 절보다 훨씬 큰 것 같은데?"

불국사를 처음 찾은 사람들은 흔히 이렇게 말하곤 해요. 하지만 우리가 지금 경주에 가서 보는 불국사는 처음 지어졌을 때에 비하면 많이 줄어든 거예요. 처음 지어졌을 당시엔 60여 개의 크고 작은 건물들이 있었다고 해요. 하지만 지금은 부처님을 모시는 대웅전, 아미타불을 모시는 극락전 등 몇 개의 건물만이 남아 있는 상태예요. 그러니까 당시의 불국사가 얼마나 크고 찬란했는지 짐작할 수 있겠죠?

그리고 불국사의 숨은 아름다움을 보려면 먼저 축대를 살펴보세요. 사람들은 불국사의 축대만 보고도 깜짝 놀라거든요.

"어? 이 축대 좀 봐. 아랫단은 돌 모양 그대로 쌓았는데 윗단은 아랫단의 돌 모양에 맞춰 다듬었잖아?"

이렇듯 축대 하나만 봐도 불국사가 얼마나 뛰어난 문화유산인지를 알 수 있답니다.

그리고 불국사를 둘러볼 때 절대 빼놓을 수 없는 게 있어요. 바로 대웅전 마당에 있는 '석가탑'과 '다보탑'이랍니다. 두 탑은 각각 저마다의 아름다움을 지니고 불국사를 찾는 사람들의 눈길을 끌고 있어요.

다보탑은 문양이 아주 섬세하고 화려한 아름다움을 가지고 있어요. 10원짜리 동전을 한번 살펴보세요. 거기에 새겨진 탑이 바로 다보탑이에요.

그에 비해 석가탑은 아주 간결하고 힘이 있는 모습이에요. 아사달과 아사녀의 전설을 안고 있는 석가탑은 완벽한 조형미를 가지고 있어 보면 볼수록 그 아름다움에 흠뻑 빠져들게 되지요. 그리고 또 하나 기억해야 될 것은 목판 인쇄물 가운데 가장 오래된 것으로 판명된 '무구정광대다라니경'이 바로 이 석가탑에서 발견되었다는 사실이에요.

이렇게 아름다운 불국사의 모습은 아쉽게도 그동안 전쟁으로 인해 많이 손실되어 그 일부만 우리에게 전해지고 있을 뿐이에요. 그래도 불국사는 통일 신라의 찬란했던 문화를 고스란히 담고 있는 최고의 유적지임에는 틀림없어요. 1995년 12월에 유네스코가 지정한 세계 문화유산에 당당히 등록된 우리의 불국사, 불국사는 이제 세계적인 문화유산으로 인정받고 있답니다.

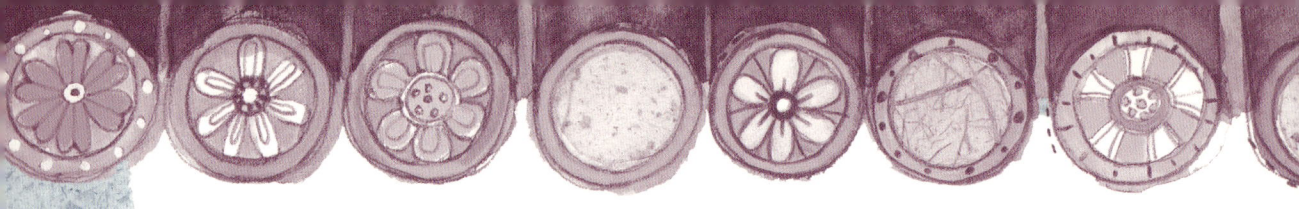

우리나라의 삼보 사찰

통도사·해인사·송광사

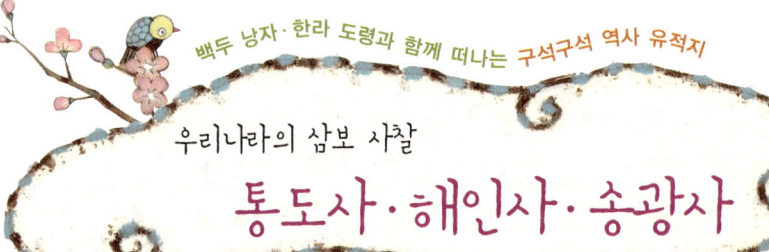

우리나라 최대의 사찰인 불국사 말고도 '삼보 사찰'이라는 빼놓을 수 없는 사찰이 있다고 들었어요. 삼보 사찰이 무엇인지 자세히 알고 싶어요.

삼보는 불보, 법보, 승보를 뜻해요. 불보는 부처를 모시는 것, 법보는 부처의 가르침인 불경을 모시는 것, 승보는 부처의 가르침을 전하는 승려를 뜻하지요. 그래서 불의 통도사, 법의 해인사, 승의 송광사를 가리켜 삼보 사찰이라고 한답니다.

경남 양산에 있는 통도사는 자장 율사가 중국 유학을 다녀와서 세운 절이에요. 자장 율사는 부처의 사리를 가지고 귀국해서 그 사리를 통도사에 모셨어요. 훌륭한 승려들 중에는 죽어 화장을 하고 나면 구슬 모양의 신비한 유골이 남는 경우가 있지요. 이것을 '사리'라고 한답니다. 이렇게 소중한 부처의 사

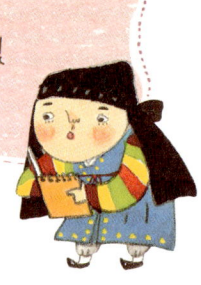

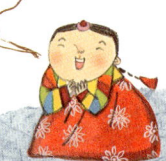

통도사는 신라 선덕 여왕 15년(646)에 자장 율사가 세운 절이에요.

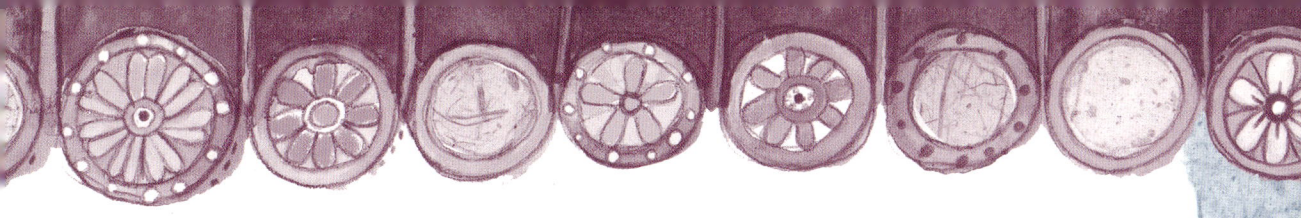

팔만대장경은 몽고군의 침입을 불교의 힘으로 막고자 고려 고종 때 간행되었어요. 그래서 고려 대장경이라고도 하지요. 판수가 8만여 개에 달하고 8만 4천 법문이 실려 있답니다.

리를 모셨기 때문에 통도사는 불보 사찰로 지정되었어요.

또한 경남 합천 가야산에 있는 해인사는 유명한 팔만대장경이 보관되어 있는 절이에요. 부처님의 가르침이 담긴 대장경이 있는 곳이라 법보 사찰이라고 불리지요. 해인사를 찾으면 두 번 놀라게 되지요. 한 번은 대장경의 엄청난 양에, 또 한 번은 그 대장경을 보관하는 조상들의 지혜로움에 놀라게 된답니다.

마지막으로 승보 사찰인 송광사는 전라남도 순천시 조계산 기슭에 자리 잡고 있어요. 신라 말기에 지어진 송광사는 보조국사 지눌이 처음 불교 운동을 일으킨 곳으로 매우 유명해요. 지눌 이후 송광사에서는 훌륭한 승려들이 많이 배출되었어요. 나라의 불교를 이끌어 가는 국사 자리에 오른 승려만도 무려 16명이 탄생했을 정도랍니다. 송광사가 승보 사찰로 불리게 된 이유가 여기에 있답니다.

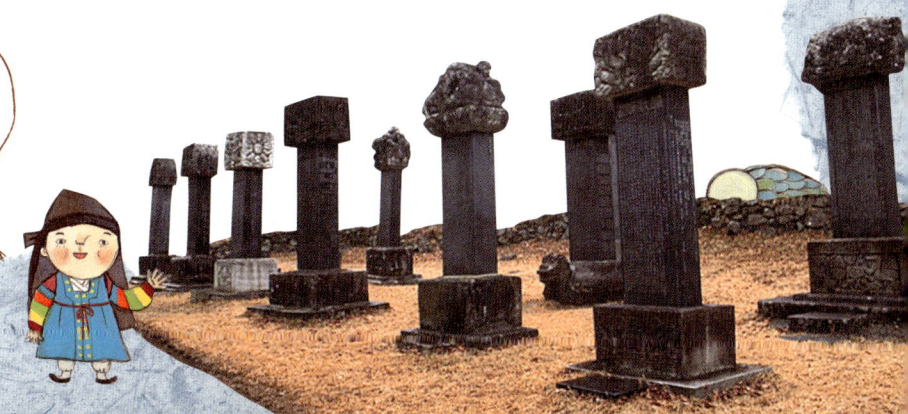

송광사에서 배출한 고승들의 행적을 적은 비석이에요. 승보 사찰이라고 할 만하죠?

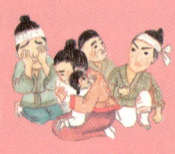

몽고와의 항쟁 38년

강화도 갑곶돈과 강화산성

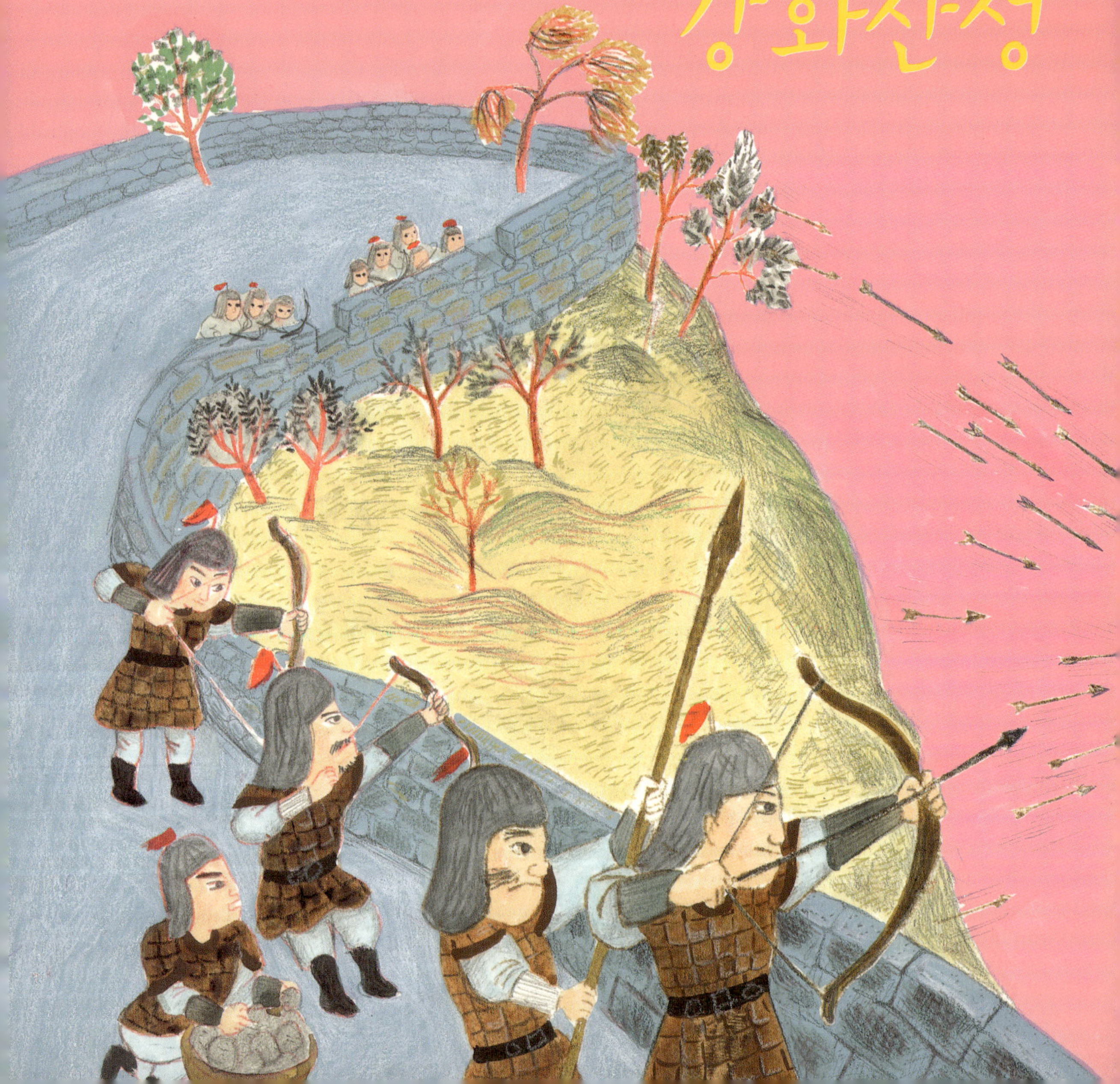

"큰일 났습니다!"

조정으로 달려온 신하의 얼굴은 파랗게 질려 있었어요. 마치 뒤에서 누가 쫓아오기라도 하는 듯 진땀을 흘리는 표정이 여간 심상치가 않았어요.

"도대체 무슨 일이냐?"

"모…… 모, 몽고 사신이 압록강 근처에서 살해됐다고 합니다."

"뭐라고?"

소식을 전해 들은 최우의 표정도 하얗게 질려 버렸어요. 당시 최우는 왕보다 더 많은 권력을 휘두르던 인물이었어요. 무신의 난이 일어난 이후, 고려는 무신들이 나라를 다스렸어요. 왕들은 그저 이름뿐이었고, 진짜 권력은 무신 정권을 이어받은 최우가 가지고 있었던 거예요.

최우는 걱정이 되어 조정 뜰을 이리저리 거닐었어요.

'몽고가 과연 이 일을 그냥 넘어갈까? 아니야, 느낌이 안 좋아.'

몽고는 당시 중국 대륙을 휩쓸고 세계를 넘볼 만큼 어마어마한 힘을 자랑하는 나라였어요. 그런데 몽고의 사신이 고려의 영토에서 죽었으니 몽고가 가만있지 않을 게 뻔했던 거예요.

"우리 사신을 살해했다고? 이런 괘씸한……. 당장 국교를 끊어

버리고 전쟁 준비를 해라!”

몽고 쪽에서도 이 사건을 꼬투리를 잡기 시작했어요. 사실 몽고는 이전부터 은근히 고려를 칠 기회를 엿보고 있었거든요.

고려는 결국 이 사건을 구실 삼아 여러 번 몽고의 침입을 받고 말았어요.

“몽고군이 압록강을 넘어 다시 쳐들어오고 있습니다.”

“뭐라고? 몽고가 다시 쳐들어오고 있다고?”

“이번에도 더 많은 군사를 이끌고 왔습니다.”

“좋아. 이번에는 가만히 앉아서 당하지 않겠다. 자, 당장 도읍을 강화도로 옮겨라!”

몽고가 고려에 두 번째로 쳐들어왔을 때, 최우는 이렇게 큰 소리로 외쳤어요. 옆에 있던 신하들은 모두 눈이 동그래졌어요. 전쟁 중에 도읍을 옮기리라고는 아무도 상상하지 못했던 일이었으니까요.

“뭘 꾸물거리고 있는 게야! 개경 백성들에게도 알려 얼른 떠날 준비를 하라 일러라!”

“아니 되옵니다. 한 나라의 도읍을 함부로 옮기다니, 그건 말도 안 됩니다.”

강화도로 떠나는 걸 반대하는 신하들도 많았어요. 하지만 최우의 뜻은 너무도 분명해서 꺾일 줄 몰랐어요.

"몽고군은 대륙에서 말 타고 다니던 기마병들이야. 그러니까 물을 무서워할 게 뻔해. 지금 제일 안전한 곳은 사방이 물로 둘러싸인 섬 강화도라고. 자, 당장 짐을 꾸려라!"

마침내 긴 피난 행렬이 시작되었어요. 강화도로 건너가는 피난민들의 줄은 끝이 보이지 않았어요. 어떤 날에는 비가 와서 피난가는 길이 지옥 길로 뒤바뀌기도 했어요.

"엄마, 어딨어? 으앙, 엄마……."

"아이고, 사람 살려! 내 다리가 바퀴 아래 끼었어."

"짐이 떠내려가요. 누가 저 짐 좀 잡아 줘요……."

이렇게 강화도로 도읍을 거의 다 옮겼을 때쯤, 몽고군은 개경에 도착했어요. 하지만 이미 조정은 강화도로 건너간 뒤였어요.

"다 잡은 고기를 놓쳤군. 고려 왕실이 바로 눈앞에 있는데도 갈 수가 없으니……."

몽고군은 정말 물을 무서워했어요. 얕은 바다였지만 몽고군은 꼼짝도 하지 못했어요. 하지만 그건 오히려 몽고의 신경을 건드리는 일이었어요.

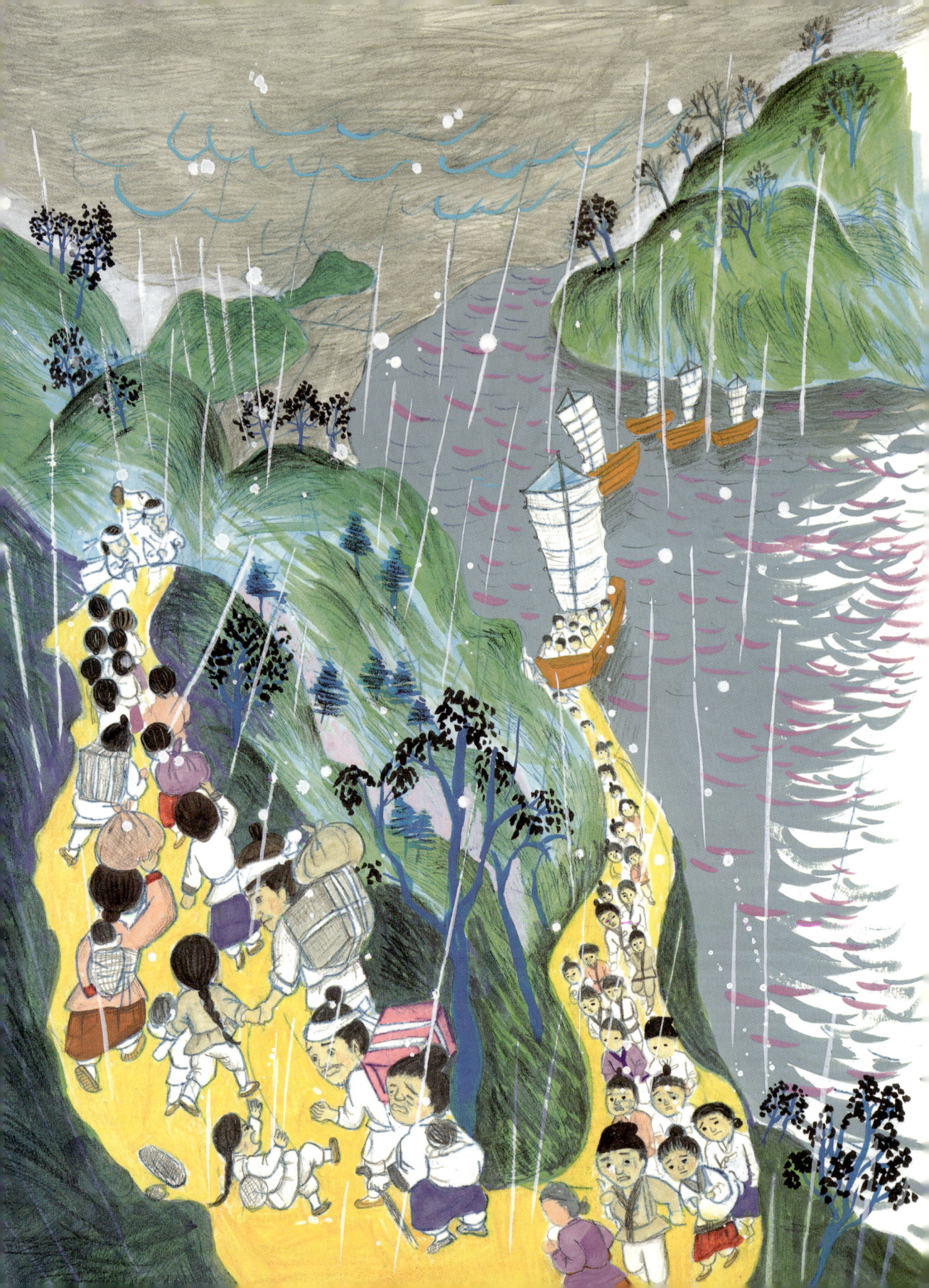

“빨리 개경으로 돌아와라! 돌아오지 않으면 이젠 국토를 쑥대밭으로 만들어 버릴 테다.”

자존심이 상한 몽고군은 화가 나서 경상도 지역까지 쳐내려 왔어요. 이 때문에 육지에 있는 백성들의 신음 소리는 점점 더 커져만 갔어요.

“지금 개경으로 다시 돌아오라는 목소리가 높습니다.”

“무슨 소리야! 지금 돌아가면 몽고군에게 질 게 뻔한데.”

다시 개경으로 돌아가자는 백성들이 많았지만, 최우는 말을 듣지 않았어요.

“갑곶돈은 이상 없겠지?”

“네, 이상 없습니다.”

갑곶돈은 강화도의 출입구였어요. 그래서 더욱 굳게 경비를 했어요. 강화도를 지키는 수비대는 뜬눈으로 밤을 새우곤 했어요. 몽고군은 건너편 문수산성에서 갑곶돈 쪽을 바라보며 발만 동동 굴렀어요. 그리 깊지 않은 바다이건만 몽고군들은 잔뜩 겁을 집어먹고 돌아갔어요.

“갑곶돈이 무너지면 고려는 무너지는 거야.”

“몽고군들이 한 발도 못 디디도록 이곳을 반드시 지킬 테야.”

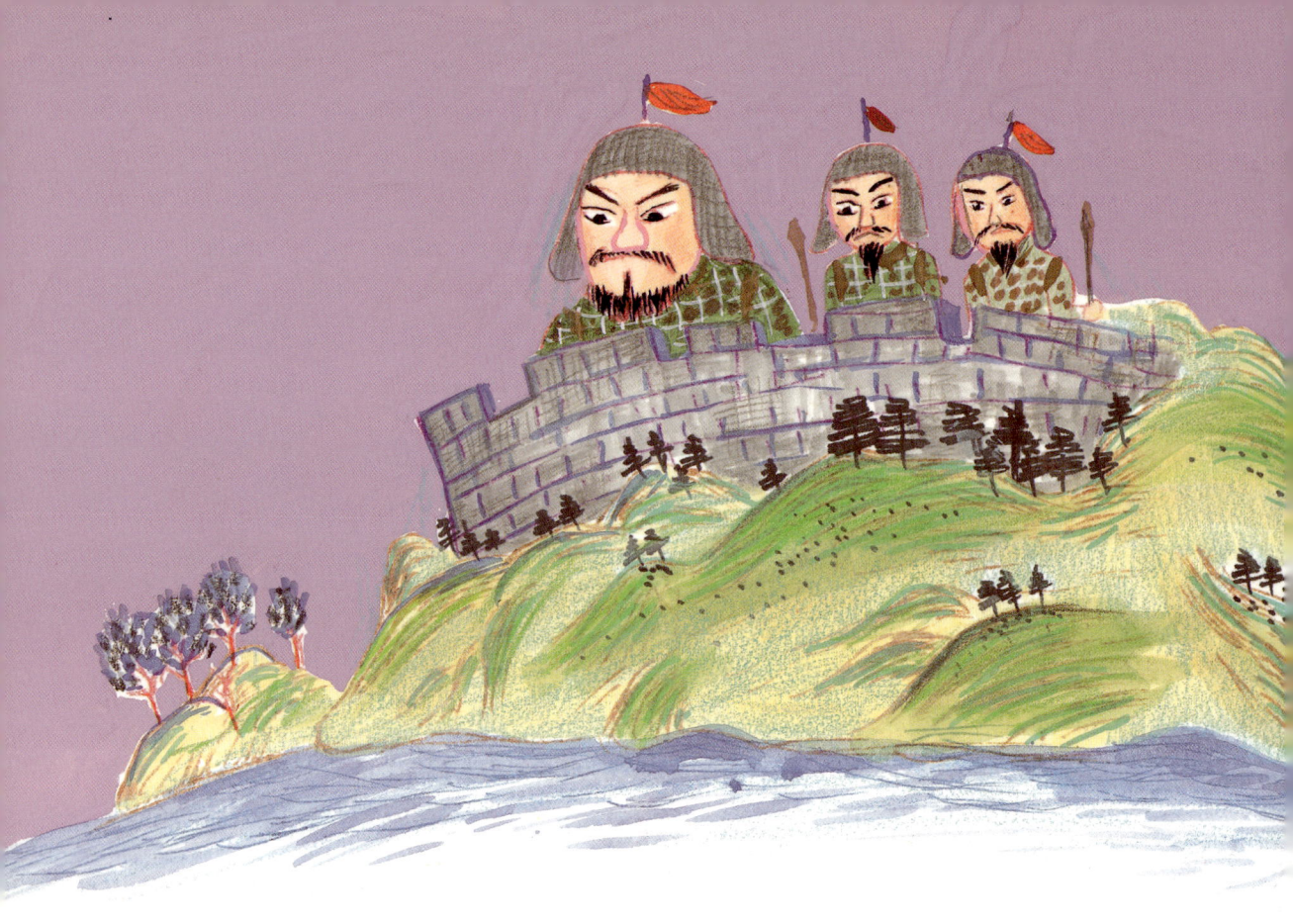

갑곶돈을 지키는 군사들의 마음은 비장했어요. 갑곶돈을 지키지 못하면 강화도가 몽고군에게 짓밟히는 건 순식간일 테니까요. 그래서 갑곶돈은 그 어떤 지역보다 수비가 튼튼했답니다. 조선 시대 때도 전쟁이 일어날 때마다 왕실은 강화도로 피난을 왔어요.

그사이 육지의 피해는 심각했어요.
큰 사찰들은 불에 타고
중요한 유물들은

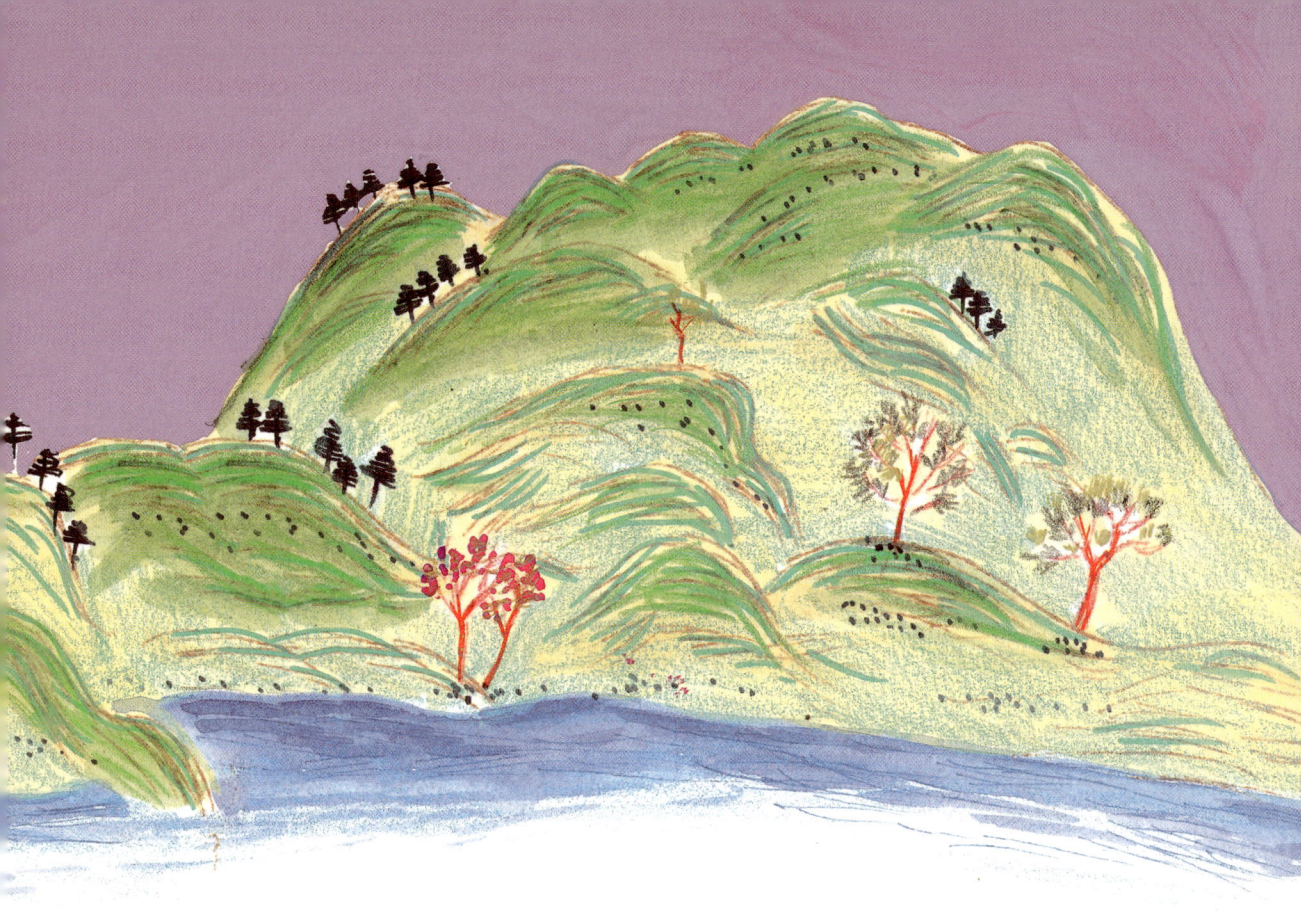

도둑을 맞았어요. 게다가 수많은 백성들이 몽고군에게 목숨을 잃었어요.

'흑흑흑, 지금 개경은 어떻게 됐을까.'

적진을 살필 수 있는 진해루에 올라 병사들은 눈물을 흘렸어요. 지옥이 돼 버린 도읍지 개경을 버려두고 강화도에 와 있는 마음이 편할 리 없었지요.

강화산성 안도 마찬가지였어요. 산성 안에도 수많은 백성들과 관리들의 한숨이 가득했어요. 모두들 고향을 그리워하며 고려의 앞날을 걱정했어요.

강화산성은 강화도로 도읍지를 옮기면서 곧바로 쌓기 시작한 성이에요. 내성, 중성, 외성으로 겹겹이 쌓은 매우 튼튼한 성이지요. 막강한 몽고의 침략에 대비해서 그 어떤 산성보다 단단히 쌓은 거예요. 하지만 지금 강화도에 남아 있는 것은 돌로 쌓은 내성뿐이랍니다. 백성들이 힘들여 쌓은 이 성은 전쟁이 끝날 무렵에 무너지고 말았어요. 몽고가 화친의 조건으로 성을 모두 헐라고 했기 때문이에요.

"이제 더 이상 버틸 힘이 없구나……. 개경으로 돌아가자."

임금은 마침내 결단을 내렸어요. 그 동안 강화도 안에서는 왕 노릇하던 무신 정권이 끝난 상태였어요. 고종의 뒤를 이어 원종이 왕위에 오른 상태였지요.

짐을 꾸리는 왕과 백성들의 마음은 한없이 슬프고 무거웠어요. 왕은 신하들과 함께 배에 올라탔어요. 배는 점점 강화도에서 멀어졌어요.

왕은 멀리 보이는 강화산성을 바라보았어요. 그곳의 모습은 초라하기 그지없었어요. 산성 성문은 삐걱대며 바람에 흔들리고, 망루는 휑하니 쓸쓸해 보였어요.

"흑흑흑, 이렇게 항복해야 하다니……. 우리 고려가 몽고에 무릎 꿇어야 하다니……!"

개경으로 돌아가는 백성들도 모두 눈물을 흘렸어요. 왕도 백성도 눈물을 감출 수가 없었어요. 강화도에서도, 육지에서도 너무 많은 걸 잃어버린 전쟁이었어요.

몽고와의 항쟁은 정말 우리 역사상 다시 찾아볼 수 없는 길고도 긴 싸움이었어요. 게다가 이 싸움이 끝난 후 고려는 원나라를 세운 몽고에게 예의를 갖춰 인사하고 섬겨야만 하는 처지가 되었지요. 강화도는 이렇게 역사적으로 아픈 기억을 갖고 있는 곳이랍니다.

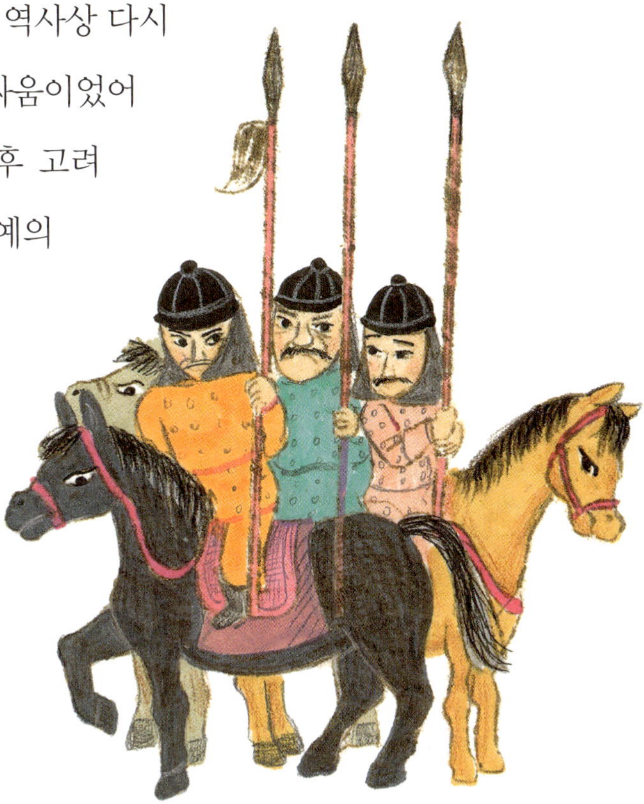

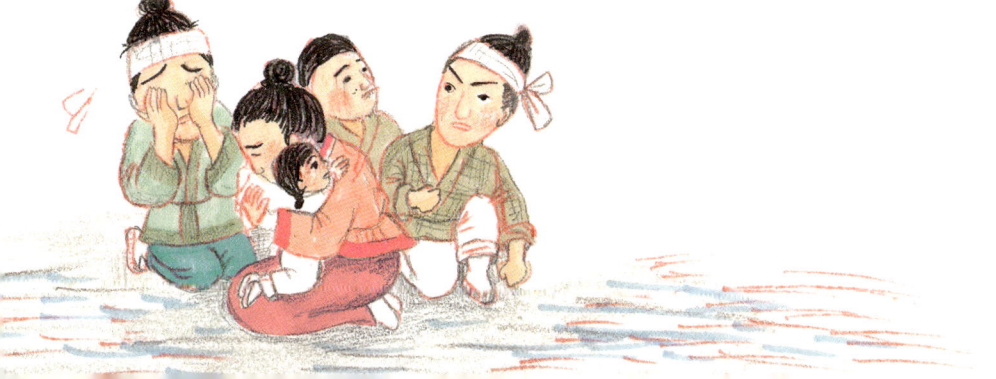

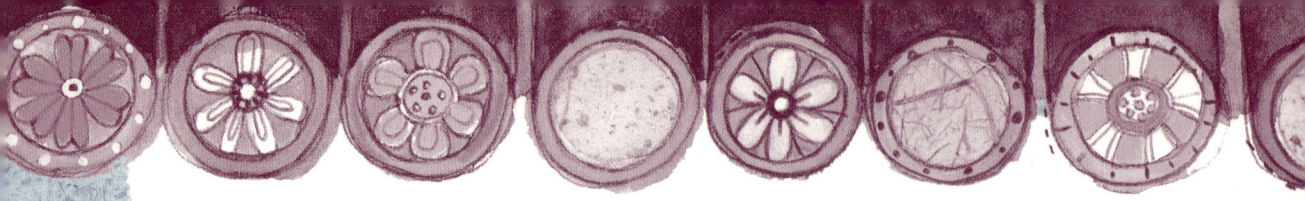

몽고에 끝까지 항쟁한 삼별초

제주도의 항파두리성

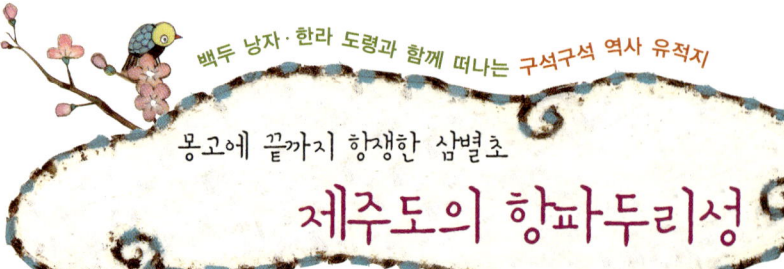

38년간의 항쟁 끝에 고려는 결국 몽고에 항복을 하였지만, 끝까지 몽고 군에 저항한 군대가 있다고 들었어요. 그 군대의 이름은 무엇인가요? 또 어떻게 싸웠나요? 자세히 알고 싶어요.

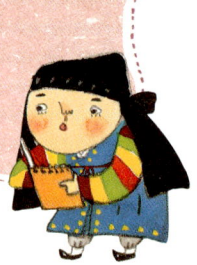

　　몽고와의 긴 전쟁이 끝나고 왕실은 개경으로 돌아왔어요. 하지만 모든 사람이 개경으로 돌아온 것은 아니었어요.

　　'삼별초'라는 군대는 몽고에게 절대 항복할 수 없다며 끝까지 싸울 것을 다짐했어요. 삼별초는 왕의 명령을 어기고 강화도에서 난을 일으킨 뒤 진도의 용장산성으로 내려갔어요. 거기에서 계속 몽고와 고려의 연합군에 맞서 싸웠어요. 하지만 삼별초의 힘만으로 몽고를 이긴다는 건 무리

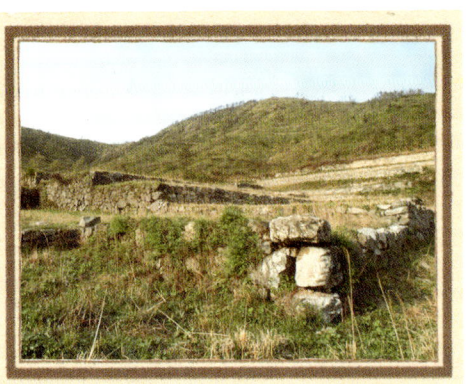

용장산 기슭에 성벽이 부분적으로 남아 있는 용장산성이에요.

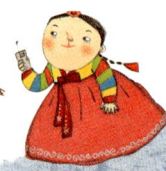

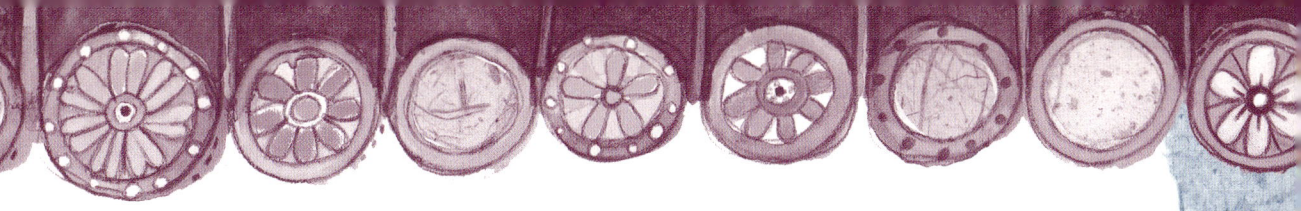

항파두리성은 바깥의 성은 흙으로 쌓고, 다시 안에 돌성을 쌓은 이중 성곽이랍니다. 방어 시설과 궁궐, 관아까지 갖춘 요새였다고 해요.

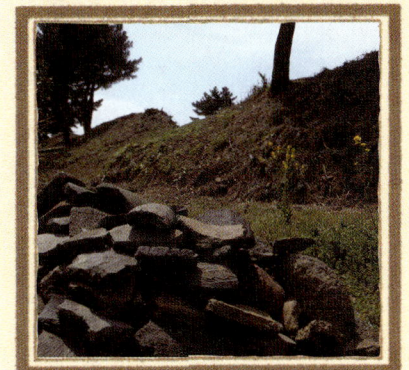

였어요. 결국 삼별초는 진도에서 크게 패하고 말았어요.

그러나 살아남은 삼별초 병사들은 다시 제주도로 내려가서 바다를 한눈에 내려다볼 수 있는 곳에 '항파두리성'을 쌓았어요.

"몽고군을 발견하는 즉시 모든 군인들에게 알리고 목숨을 걸고 싸우라!"

하지만 이미 힘이 약해진 삼별초는 항파두리성 싸움에서 크게 진 뒤 모두 뿔뿔이 흩어지고 말았답니다.

현재 제주도에는 삼별초의 넋을 위로하고자 세운 '항몽순의비'와 항파두리성의 성벽 일부, 그리고 삼별초가 활 쏘는 연습을 했다는 바위가 남아 있답니다. 그런데 이 바위에는 화살촉이 꽂히면서 생긴 흔적으로 짐작되는 구멍이 뚫려 있다고 해요. 이 구멍은 그냥 생긴 것이 아니라 아마도 삼별초가 몽고를 이기기 위해 끝까지 노력했던 흔적이겠죠?

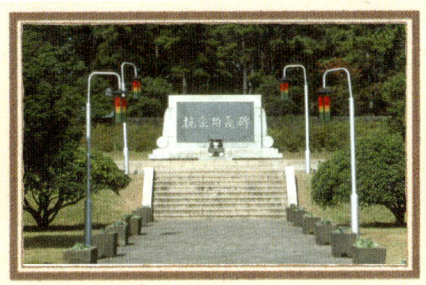

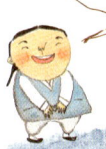
이곳이 바로 항몽순의비랍니다.

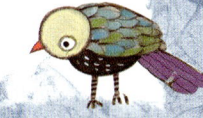

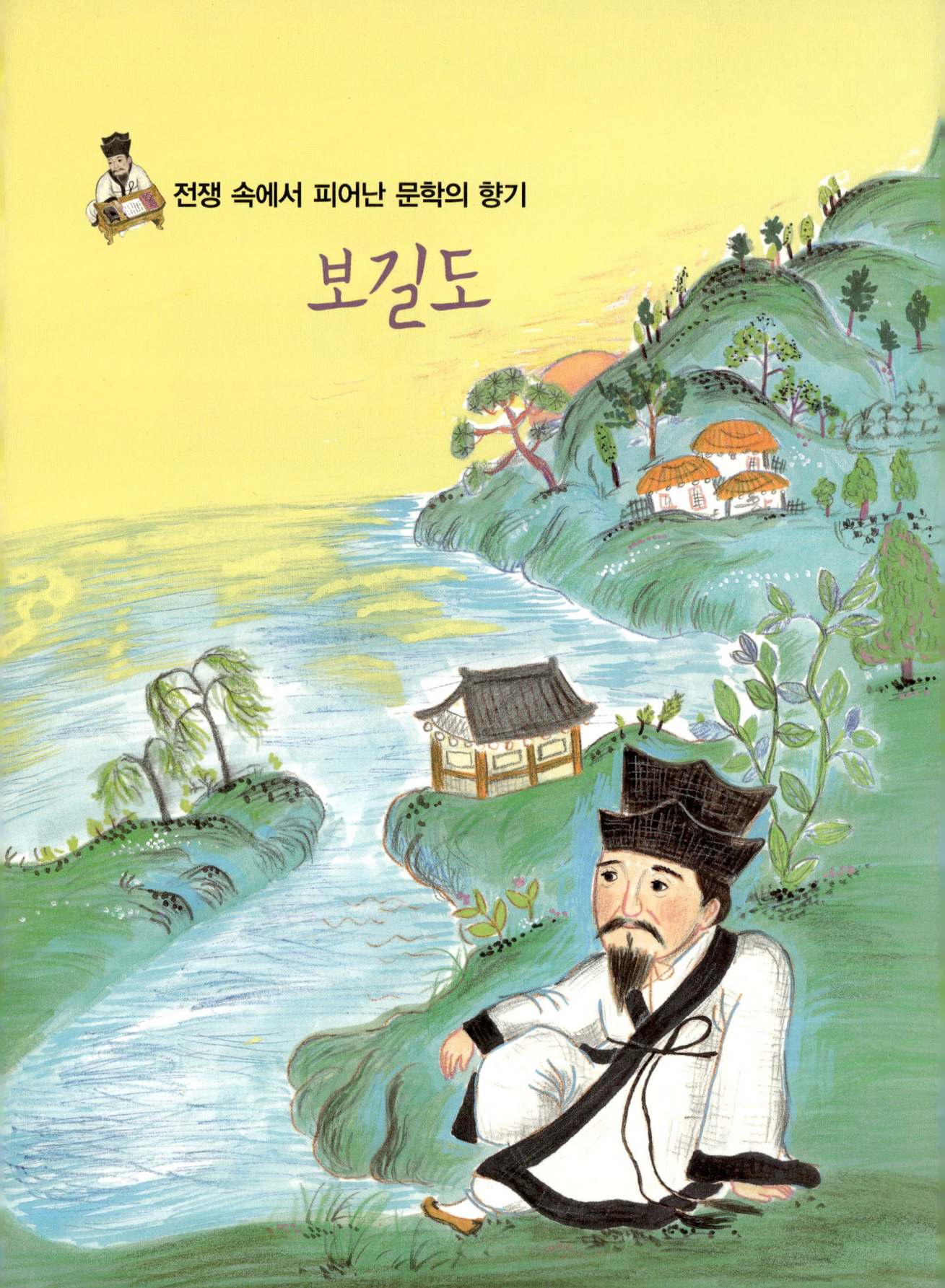

전쟁 속에서 피어난 문학의 향기

보길도

조선 인조 때의 일이에요.

"어르신, 큰일 났습니다."

윤선도의 집안일을 맡고 있던 집사가 허겁지겁 달려왔어요. 웬만한 일에는 평소 허둥대는 법이 없던 집사였어요. 글을 읽고 있던 윤선도는 의아해하며 문을 열어젖혔어요.

"대체 무슨 일이기에 이리도 소란이냐. 무슨 난리라도 났느냐."

"어르신, 전쟁이 일어났습니다. 청나라 군사가 쳐들어왔다고 하옵니다."

집사의 입에서 나온 말은 정말 하늘이 무너지는 것 같은 얘기였어요.

'당쟁만 일삼더니 결국……'

윤선도는 얼른 모든 식솔들을 배에 태우고 강화도로 향했어요. 세자빈과 왕자들이 모두 강화도에 피신 중이라는 소식을 들었기 때문이지요. 윤선도의 머릿속에는 어떻게든 왕실과 조정을 도와야 한다는 생각뿐이었어요.

하지만 윤선도는 강화도 땅을 밟지 못했어요. 강화도에 거의 다 도착할 즈음 더욱 끔찍한 소식을 들었기 때문이에요.

"어르신! 우리가, 우리 조선이 그만……. 청나라에 항복하고 말

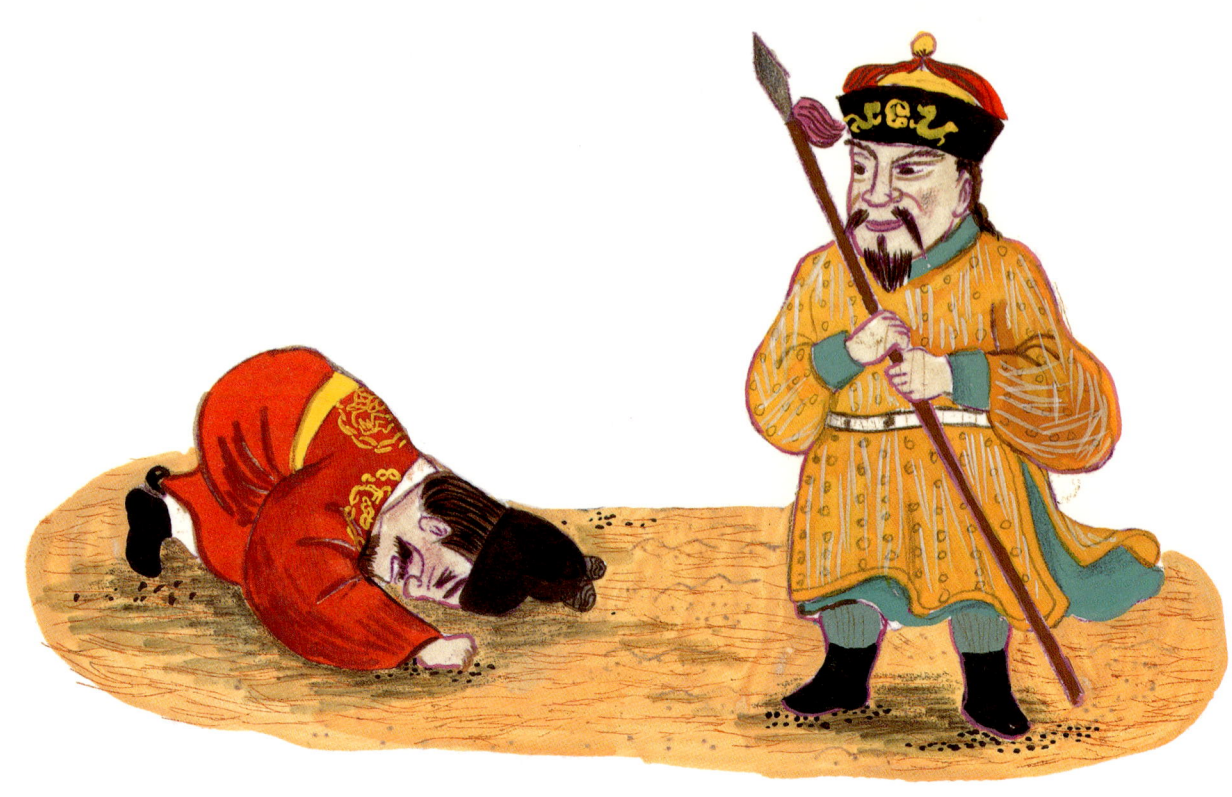

았다고 합니다."

　집사의 말을 전해 들은 윤선도는 그만 기운을 잃고 자리에 주저
앉고 말았어요. 수많은 백성들의 목숨을 앗아 간 청나라와의 전
쟁 병자호란에서 결국 지고 말았던 거예요.

　이때가 바로 윤선도가 51세 되던 해였어요.

　호가 '고산'인 윤선도는 주요 관직을 두루 거친 뛰어난 선비였
어요. 하지만 끝없는 당쟁의 회오리에 휘말려 여러 번의 귀양살
이를 해야 했어요. 윤선도의 집안은 여러 대에 걸쳐 벼슬을 한 가

문이었지만, 남인 출신이라 어려움이 많았어요. 당시는 정치적으로 서인 세력이 막강했기 때문에 남인 세력은 좀처럼 기를 펴지 못했거든요.

지칠 대로 지쳐 있던 윤선도는 이같이 조선이 청나라에 항복하는 사태까지 벌어지자 세상을 멀리하고 싶은 생각뿐이었어요.

'정말 싫구나. 이 번잡한 세상을 떠나 조용히 살고 싶구나!'

윤선도는 한숨으로 가득 찬 나날을 보냈어요. 그저 아무도 없는 곳에 숨어 살고 싶다는 생각만 가득했어요.

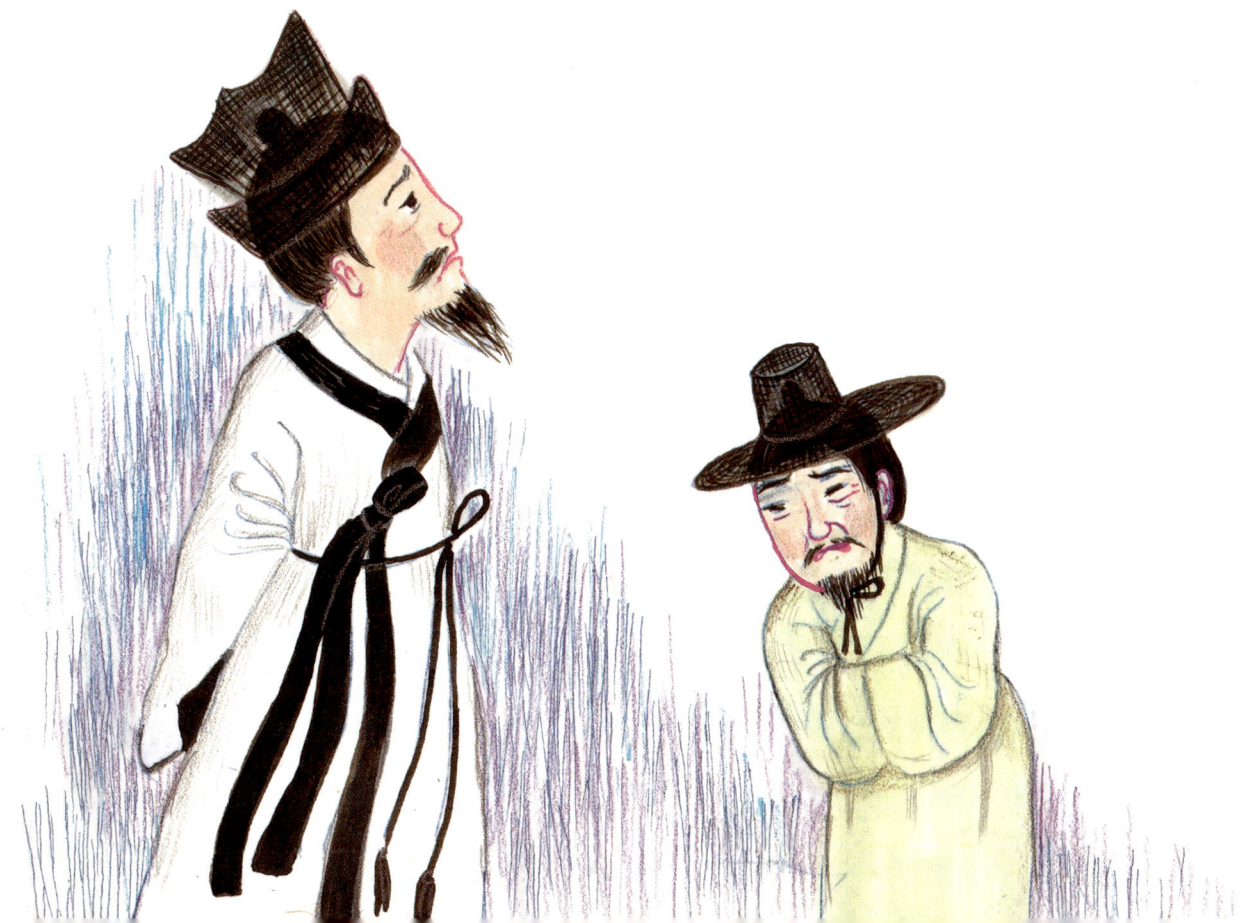

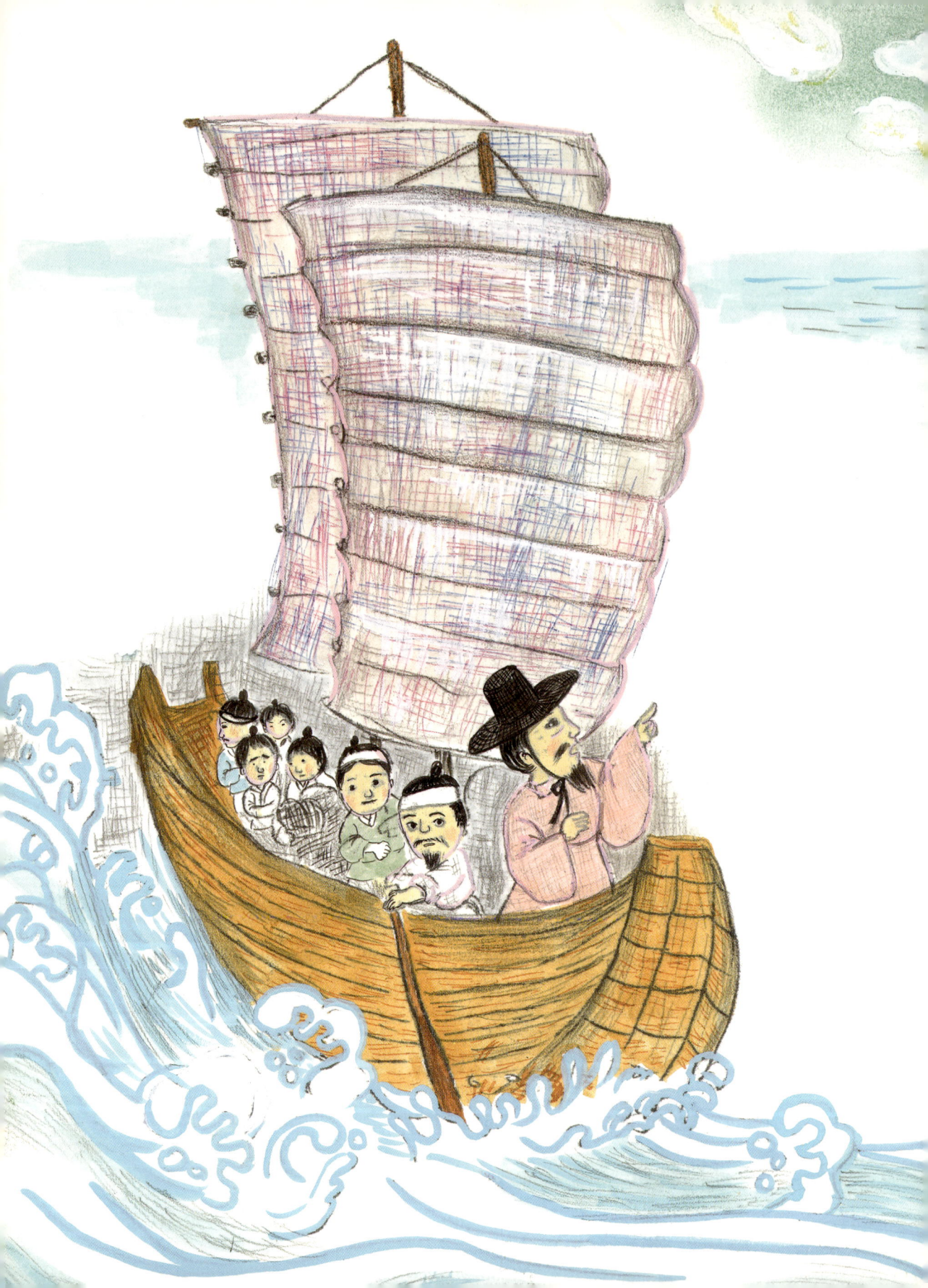

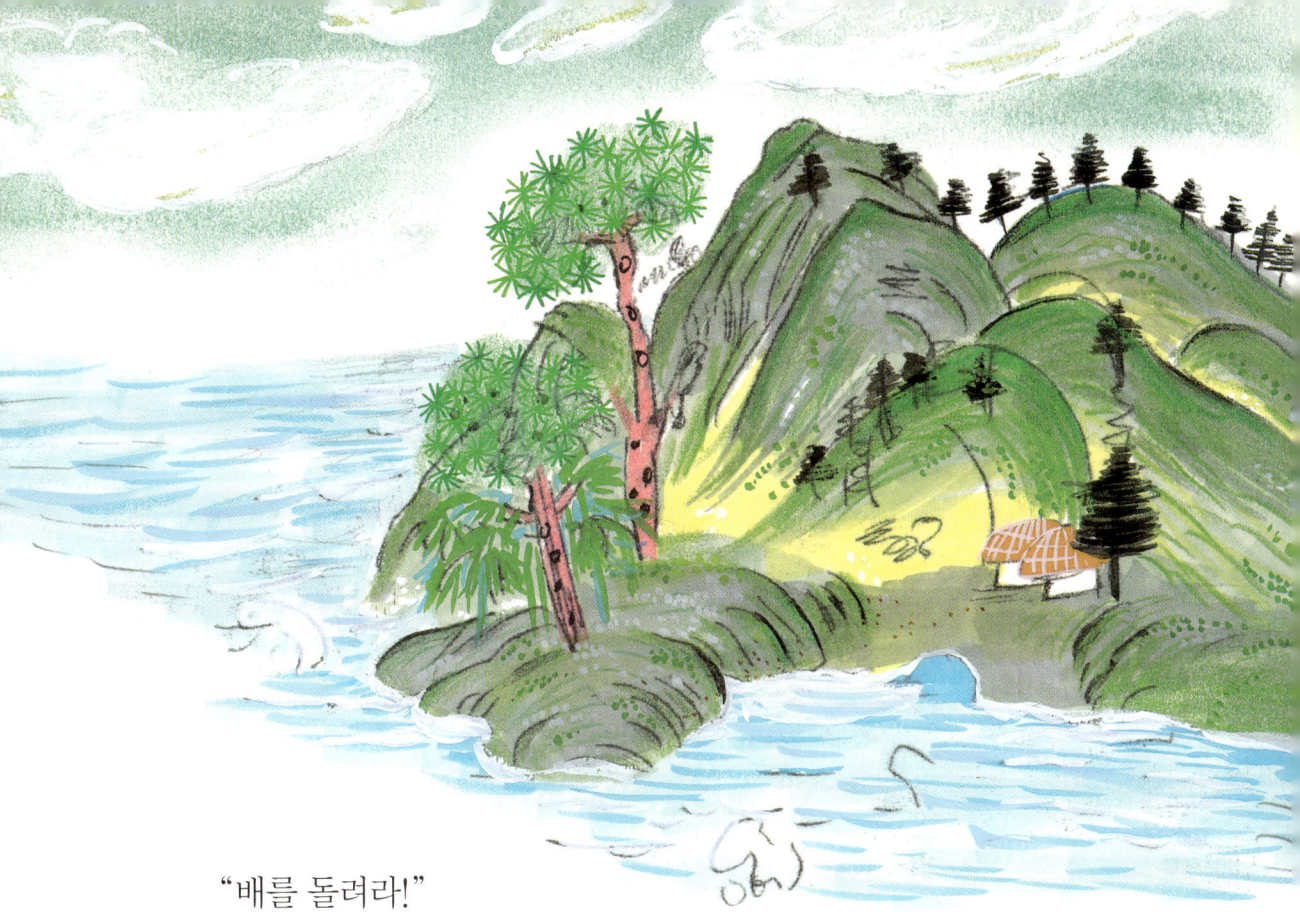

"배를 돌려라!"

"예에?"

"어서 뱃머리를 돌려라. 나라를 잃었는데 내 어찌 이 땅에 발붙이고 살 수 있겠느냐. 차라리 멀리 떨어진 곳에서 조용히 남은 여생을 보내는 편이 낫겠다."

이렇게 해서 윤선도 일가는 강화도가 아닌 제주도를 향해 떠났어요. 제주도는 아름답고 조용한 데다가 육지에서 한참 먼 곳에 있어서 세상을 멀리하기엔 딱 좋은 장소라고 여겼던 거지요.

'제주도에 가면 이런 소식을 듣지 않아도 되겠지…….'

윤선도 일가는 제주도를 향해 배를 저었어요. 하지만 제주도까지 가는 길은 쉽지가 않았어요. 때아닌 풍랑을 만나는가 싶더니, 풍랑이 그치고 나자 짙은 안개가 온 바다를 뒤덮어 한 치 앞도 내다볼 수 없었거든요.

그때였어요. 윤선도는 무언가에 홀린 듯 뱃사공에게 말했어요.

"잠깐만, 배를 저쪽으로 대거라."

"아직 제주도는 멀었습니다. 어르신."

"아니, 저 섬에 일단 배를 대 보거라. 어서!"

때마침 안개가 점점 걷히고 있었어요. 안개 사이로 서서히 드러나는 섬은 마치 그림 한 폭을 그대로 옮겨 놓은 듯 아름다웠어요. 윤선도는 첫눈에 그 섬에 반하고 말았어요. 제주도로 가려던 윤선도는 이 섬에 아예 머물기로 작정하고 짐을 풀었어요.

윤선도와 이 섬의 인연은 이렇게 시작되었어요. 이 섬이 바로 '보길도'예요. 전라남도의 큰 섬 완도에서 조금 더 내려가면 만날 수 있는, 그리 크지 않은 섬이지요.

"저쪽으로 돌을 옮기자. 그래, 집 지을 곳은 여기가 좋겠어."

"이곳에 연못을 몇 개 파 놓자. 정자도 짓고 말이야."

윤선도는 보길도의 자연에 어울리도록 집을 짓고, 연못을 만들고, 나무를 심었어요. 이곳이 바로 '부용동 정원'이에요. 보길도의 모양이 마치 피어나는 연꽃 같다고 해서 부용동이라고 불렀어요.

보길도에 활력이 돌기 시작했어요. 윤선도의 거처인 낙서재에서는 아침 일찍부터 글 읽는 소리가 울려 퍼졌어요.

"꼬끼오, 꼬끼오."

닭 울음소리가 조용한 섬 안에 울려 퍼지면 윤선도는 몸단장을 하고 일어나 제자들을 가르쳤어요. 그리고 낮이면 자연을 벗 삼아 노래하고 시를 지었어요. 윤선도는 그렇게 세상의 시름을 잊고 하루하루를 즐겁게 보내려 애썼어요.

하지만 보길도 생활은 그리 오래가지 않았어요. 윤선도가 다시 관직을 얻어 조정으로 나가게 되었거든요. 하지만 윤선도의 위치는 늘 위태로웠어요. 윤선도는 다시 당쟁에 휘말려 관직을 빼앗기고 귀양살이를 했어요. 그럴 때마다 윤선도는 보길도를 찾아와 마음의 위안을 받고는 했지요.

이렇게 관직 생활과 귀양살이를 반복하던 윤선도는 81세가 되어서야 마침내 완전히 보길도로 돌아왔어요.

'나를 변함없이 받아 주는 곳은 이곳 보길도밖에 없구나.'

윤선도는 작은 정자인 세연정에 올랐어요. 세연정에 서서 하늘

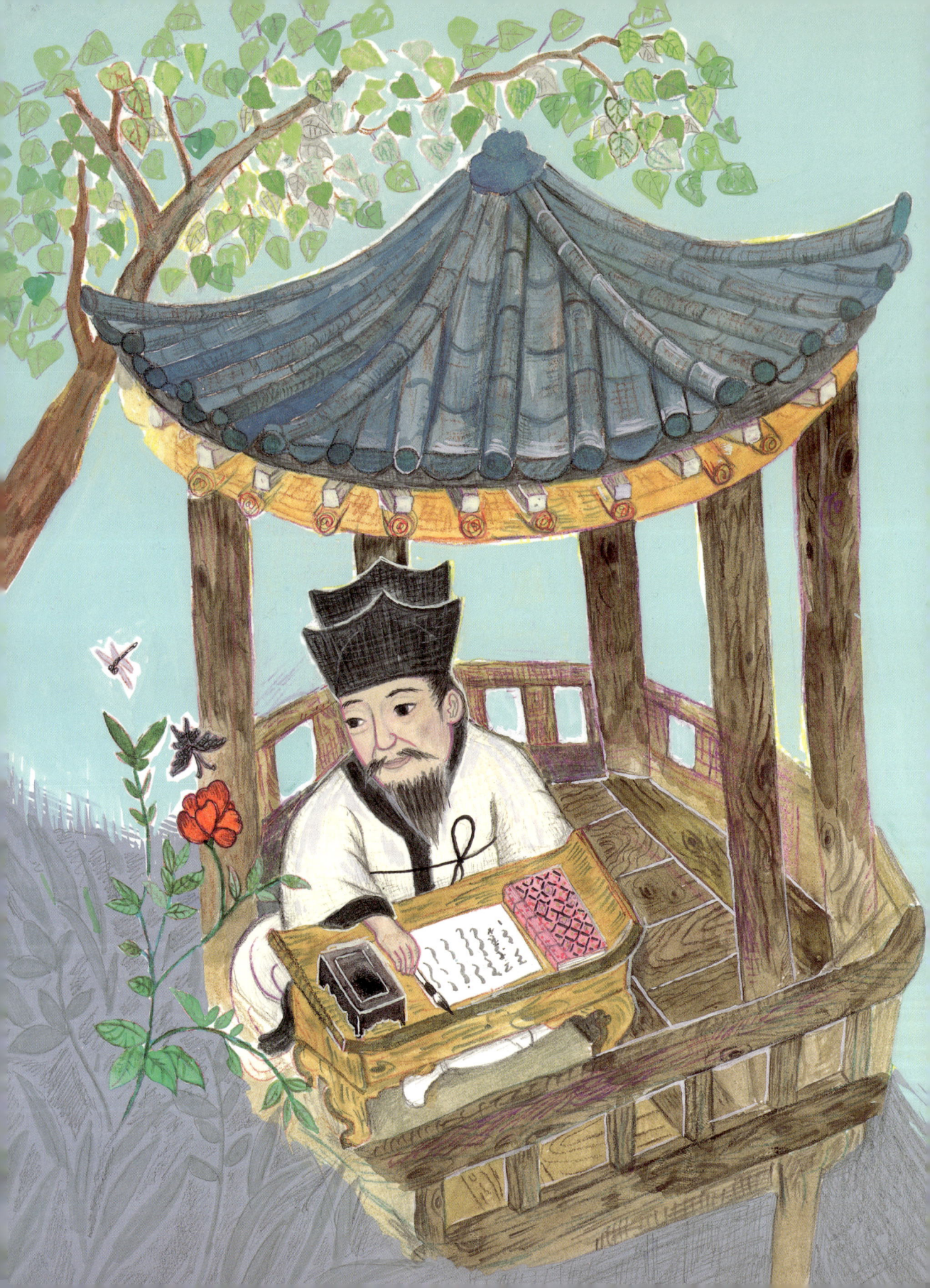

을 보니 윤선도의 답답했던 가슴이 금세 평화로워졌어요.

　윤선도는 점점 몸이 쇠약해지고 있었어요. 그럴 때마다 더욱 힘을 내 산기슭에 지은 '동천석실'에 올랐어요. 이곳에 서서 아래를 내려다보면 부용동이 한눈에 다 들어오기 때문이에요. 늙은 소나무와 붉은 동백과 차나무가 어우러져 있는 부용동을 둘러보던 윤선도는 갑자기 가슴이 울컥해졌어요.

　'자연은 이렇게 조화롭고 아름다운데, 왜 사람들은 모함하고 시기하고 다투기를 그치지 않을까……'

　윤선도는 85세로 생을 마감하기까지 아름다운 시조를 많이 지었는데, 주로 자연을 노래한 시를 많이 지었어요. 후손들이 살아갈 세상은 보길도처럼 늘 평화롭고 아름답기를 꿈꾸면서 말이에요. 저 유명한 〈어부사시사〉도 바로 이곳 보길도에서 자연을 노래한 것이에요.

　동풍이 건듯 부니 물결이 곱게 인다

　돛 달아라 돛 달아라

　동쪽 호수를 돌아보며 서쪽 호수로 가자꾸나

　지국총 지국총 어사와

　앞산이 지나가고 뒷산이 나아온다

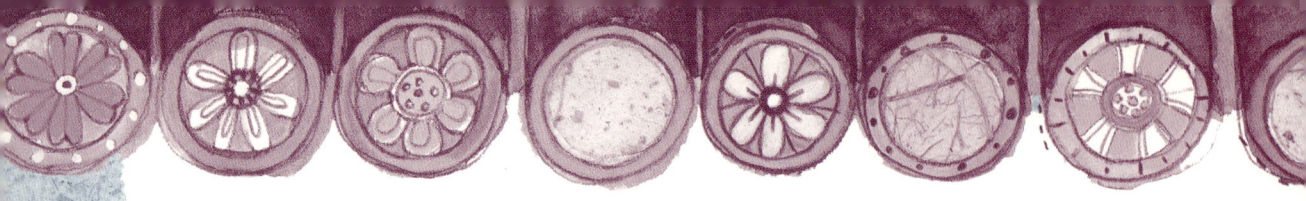

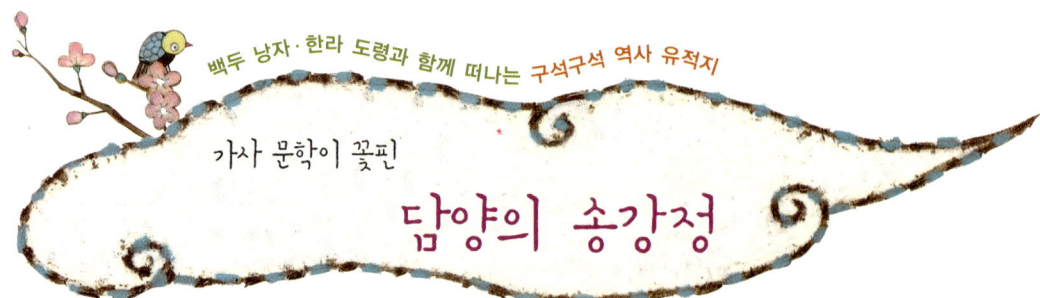

가사 문학이 꽃핀

담양의 송강정

'한국 가사 문학관'이라는 문학 기념관에 가면 조선 시대 유행했던 가사 문학의 모든 것을 한눈에 볼 수 있다고 들었어요. 가사 문학이란 무엇인가 요? 또 이 문학의 대표적인 사람에는 누가 있나요? 자세히 알고 싶어요.

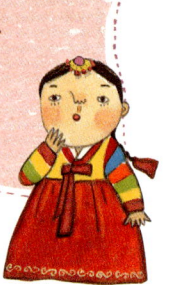

가사는 시조처럼 글자 수를 세 글자, 혹은 네 글자로 짝을 맞추어 지은 글이에요. 그러나 가사는 시조보다 훨씬 길답니다. 짧은 시조에는 많은 이야기를 담을 수 없다고 생각한 선비들이 즐겨 지은 것이 '가사'거든요.

아름다운 가사를 많이 지은 대표적인 시인으로는 바로 송강 정철이 있어요. 정철의 작품은 아주 뛰어나서 우리나라 중·고등학교 교과서에도 항상 빠지지 않고 실리고 있답니다.

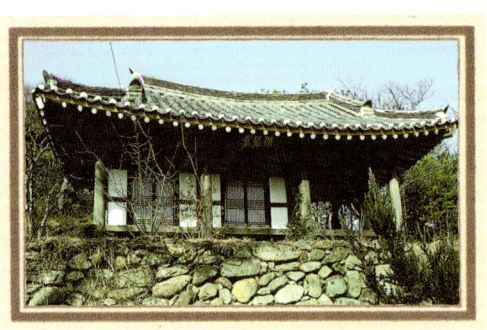

환벽당은 정철이 과거에 급제하기 전까지 머물면서 공부를 했던 곳이랍니다.

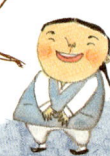

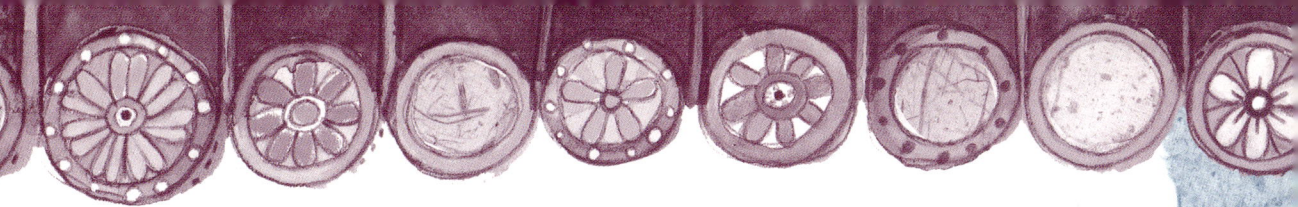

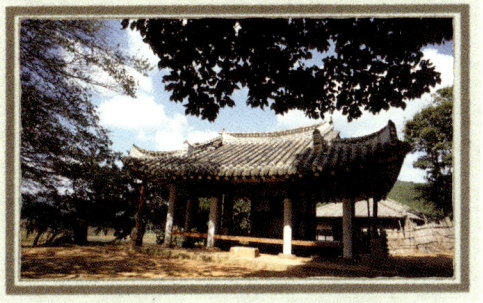

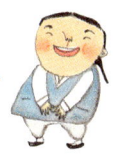

식영정은 '그림자가
쉬어 가는 정자'라는 뜻이에요.
송강 정철은 식영정과 환벽당,
송강정 등 성산 일대의
자연 경관을 벗 삼아
〈성산별곡〉을 지었어요.

송강 정철이 어린 시절부터 자랐던 전라남도 담양군에 가면 송강의 유적지
가 많이 있어요. 그중 3대 유적지로는 환벽당, 식영정, 송강정을 꼽을 수 있어
요. 이 중에서 송강정은 정철이 관직에서 물러난 후 자연 속에서 쉬면서 수많
은 가사를 지었던 곳이에요. 원래 이곳은 정철이 주변에 늙은 소나무와 곧게
뻗은 대나무가 무성해서 '죽록정'이라는 이름의 작은 초가집을 짓고 살았던
곳이에요. 그 후, 정철의 후손들이 송강 정철의 문학 정신을 오래도록 기억하
기 위해서 이 자리에 다시 정자를 짓고 이름을 '송강정'이라고 붙인 거예요.
바로 여기에서 가사 문학의
최고 작품으로 평가받고 있
는 〈사미인곡〉, 〈속미인곡〉
을 지었답니다.

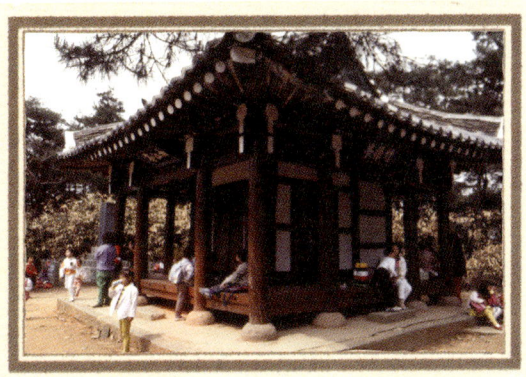

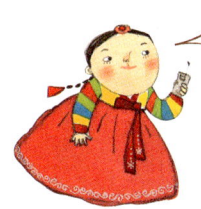

송강정의 앞면에는
'송강정'이라는 현판이,
옆면에는 '죽록정'이라는
현판이 걸려 있어요.

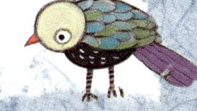

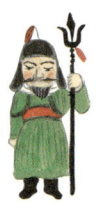

처절했던 동학 농민 운동의 현장

황토현과
우금치 전적지

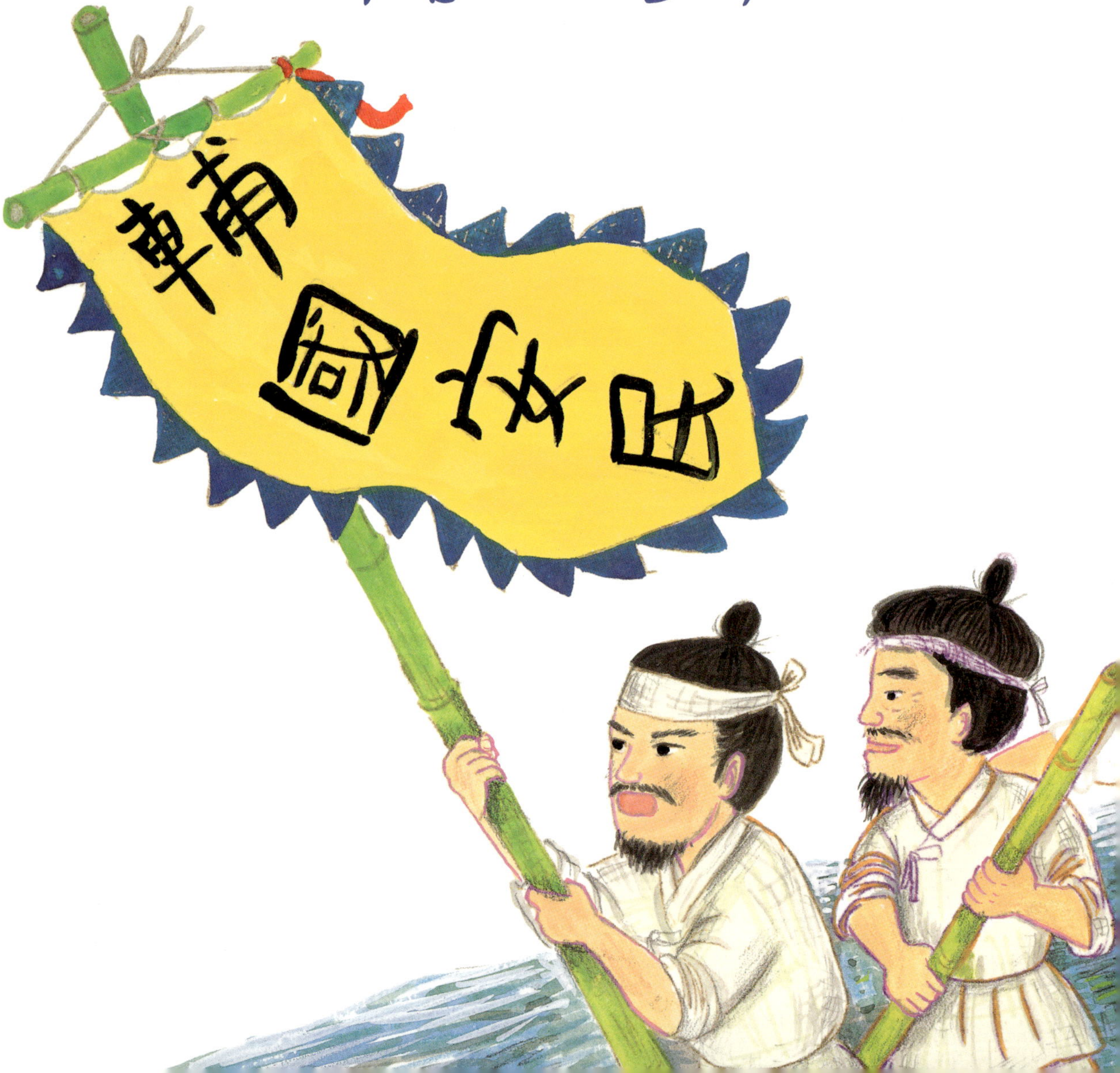

1890년대 들어 농민들은 살기가 더욱 힘들어졌어요.

지방 관리들의 횡포는 점점 더 심해지고 농민들의 피해는 눈덩이처럼 커졌어요. 농민들은 더는 참을 수가 없었어요.

"물을 가둬 놓고 물세를 거둔다는 게 말이나 돼?"

"일본에서 싼 면직물이 들어오면 우리가 만든 건 도대체 어디에 내다 팔라는 거야?"

"그뿐인가? 가난한 농민들한테 비싼 이자 붙여서 돈 빌려 주는 나라가 세상 천지에 어디 있나?"

농민들은 거의 굶어 죽기 직전이었어요. 농사를 지어도 비싼 세금으로 몽땅 내놓아야 할 판이었거든요. 관리들은 있지도 않은 죄를 뒤집어씌워 농민들의 재물을 빼앗는 일이 허다했어요. 게다

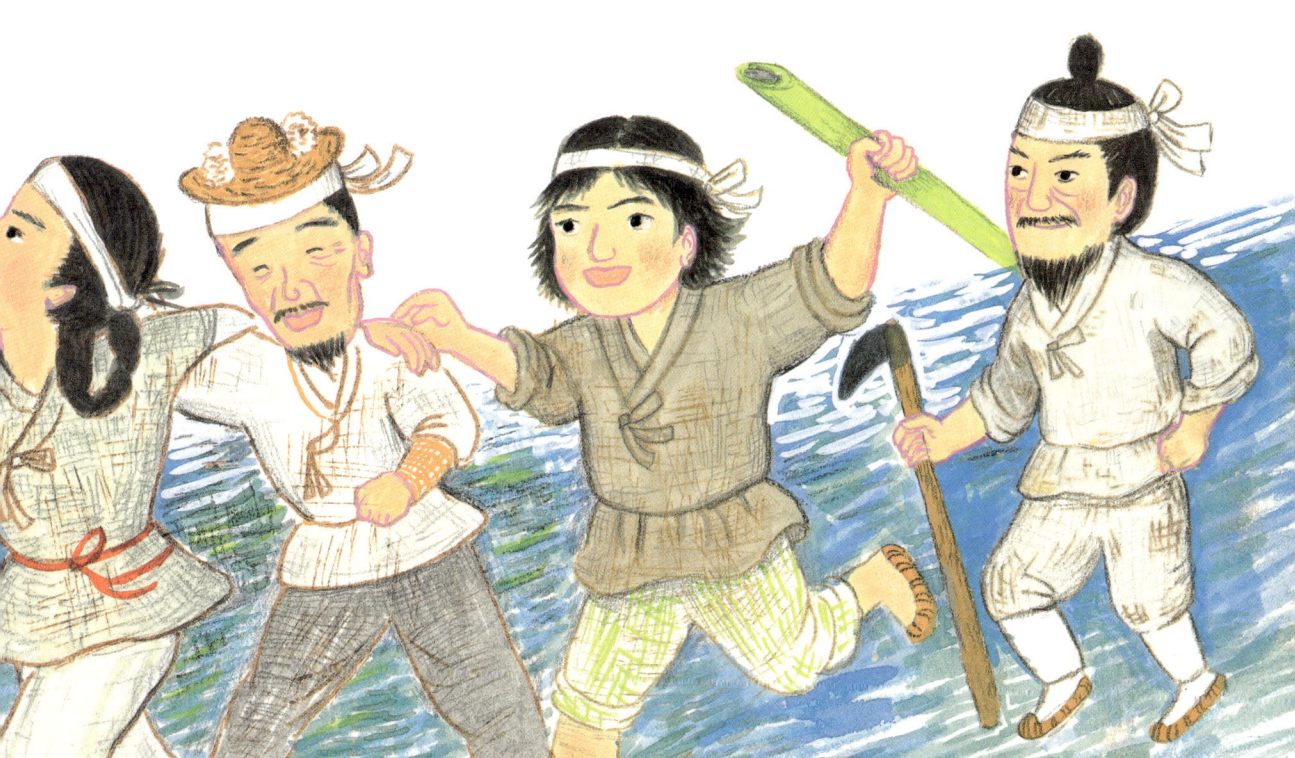

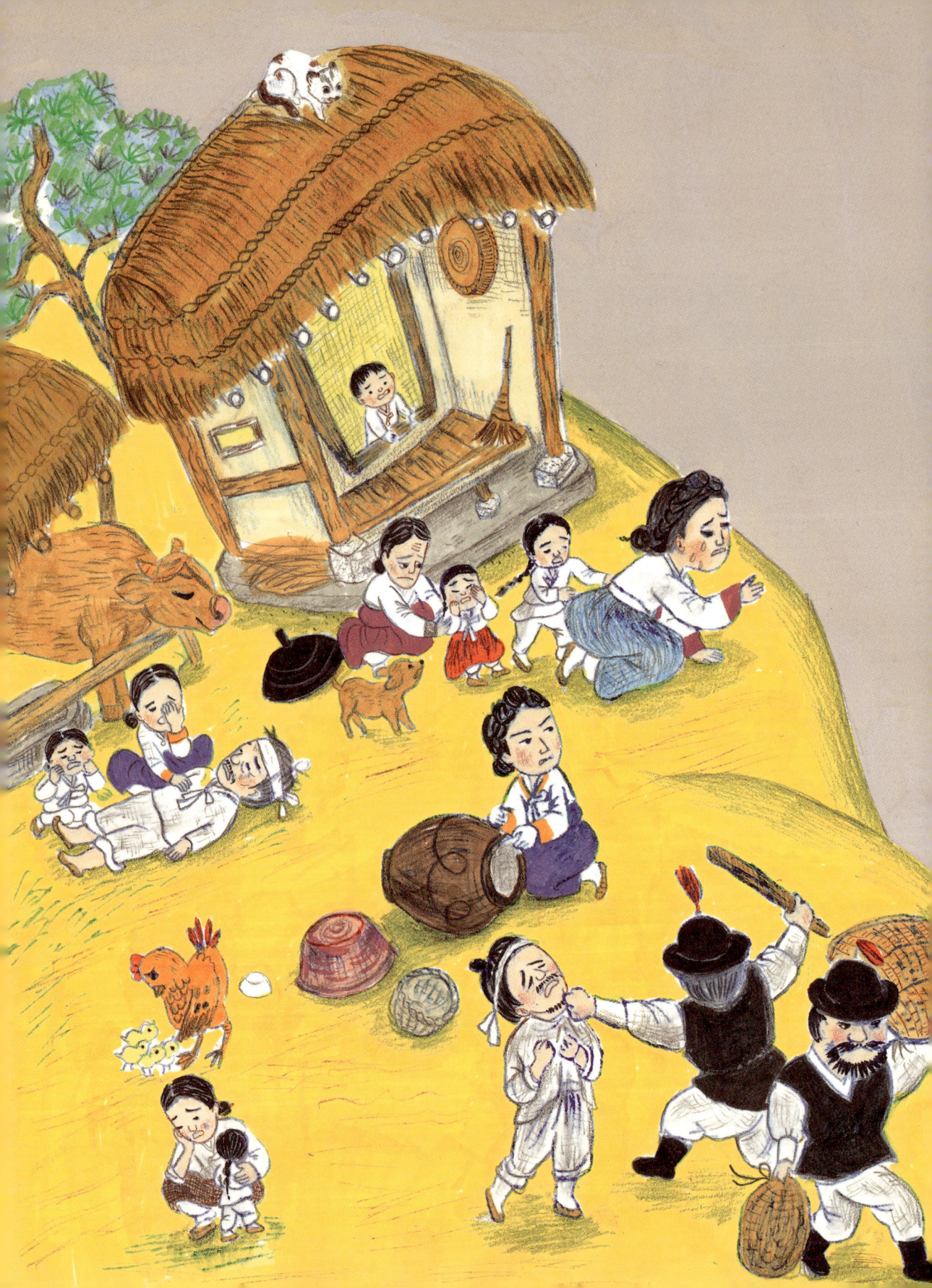

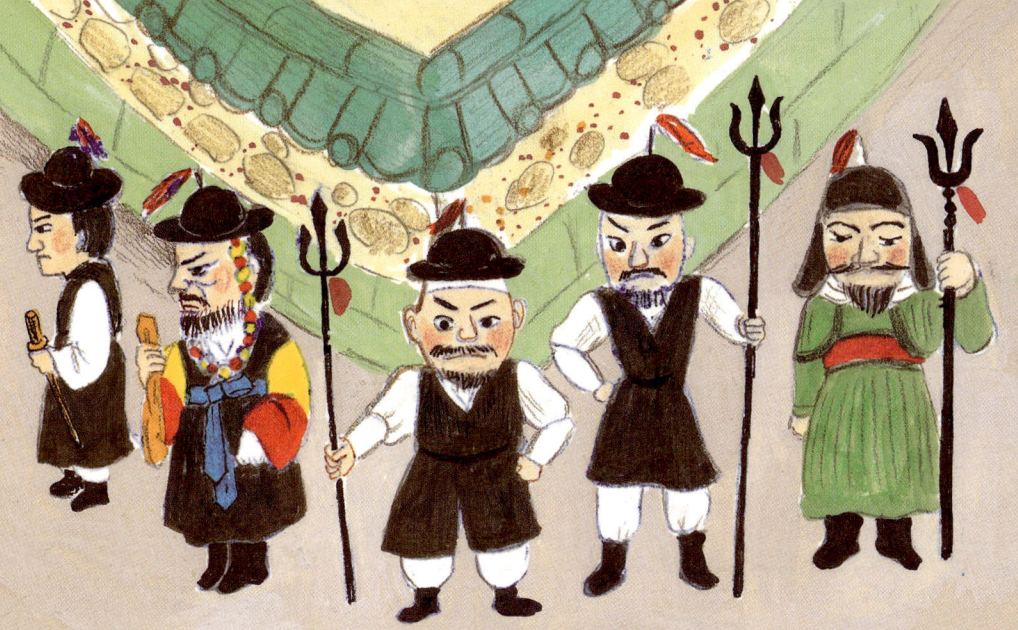

가 갑신정변 이후에 청나라와 일본 상인들의 경제 수탈로 우리 농촌 사회는 안팎으로 시달리고 있었어요.

이때 서서히 백성들 사이에서 퍼져 나가기 시작한 사상이 바로 '동학'이에요. '사람이 곧 하늘'이라는 동학의 가르침은 힘 없는 농민들에게 큰 힘이 되었거든요. 동학의 기운은 빠르게 번졌어요. '세상을 좀 바꿔 주었으면…….' 하는 마음을 갖고 있던 농민들에게 동학은 곧 희망이었어요.

"우리의 살길을 막는 외국 세력은 물러가라!"

"탐욕으로 가득 찬 지방관들은 물러가라!"

그중에서도 농민들의 피해가 가장 컸던 곳은 전라북도 고부 지방이었어요. 고부 군수였던 조병갑은 특히 악명이 높았지요. 턱

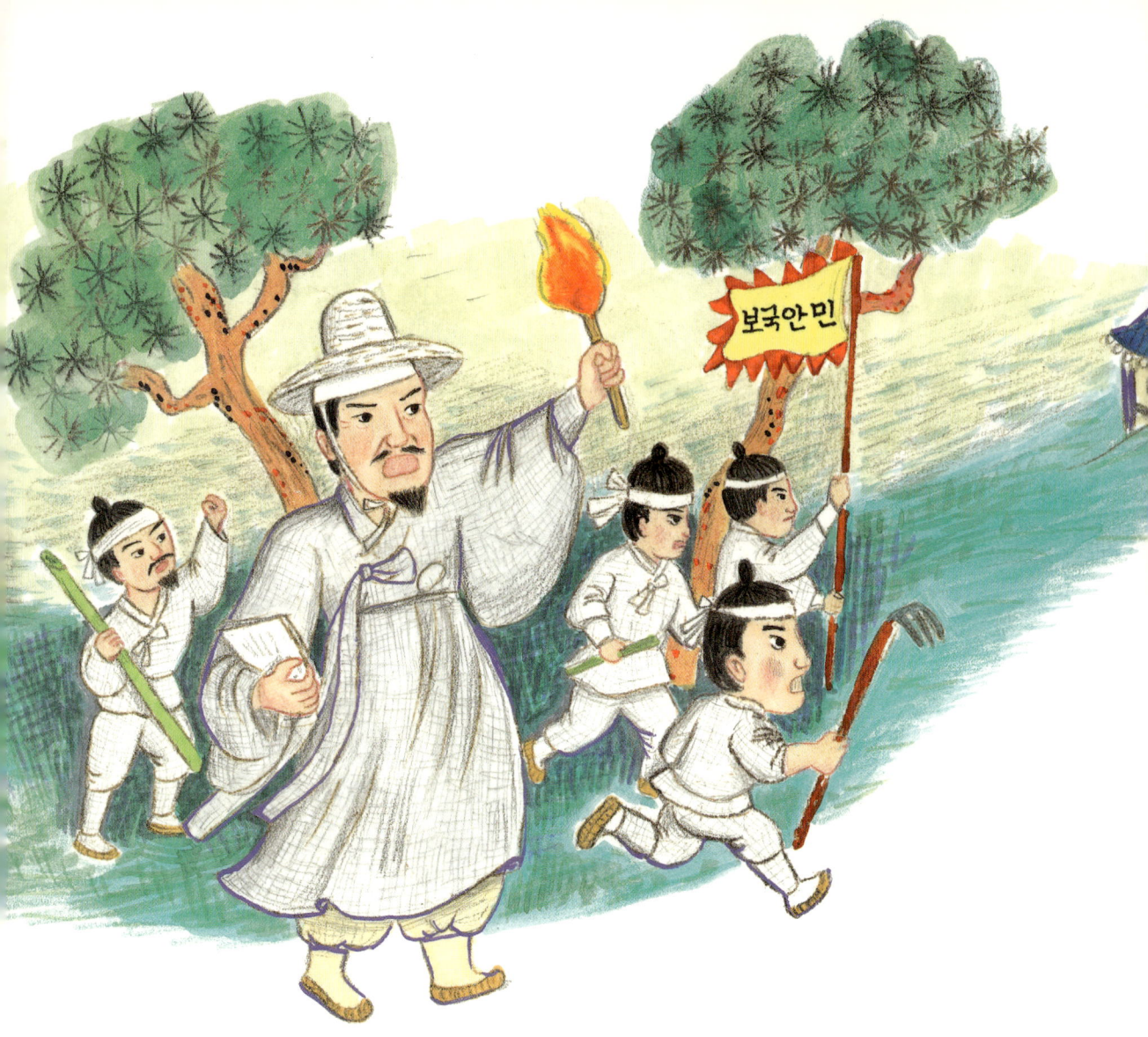

없이 높은 세금을 거두고 죄 없는 사람들을 잡아 가두기 일쑤였
지요. 동학 사상을 통해 세상을 보는 눈이 조금씩 열린 농민들은
이러한 횡포를 더는 참고 있을 수가 없었어요.

"나라에서 정치를 잘못하면 우리라도 나서야죠. 우리 권리는

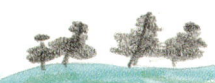

우리가 찾읍시다!"

"그래요. 이제 더는 저 조병갑의 횡포에 당하고만 있을 수 없어요!"

1893년, 드디어 고부 지방에서 대대적인 농민 봉기가 일어났어요. 이때 지도자로 나선 이가 바로 전봉준이에요. 전봉준은 횃불을 들고 모인 농민들 앞에 섰어요. 전봉준의 눈빛은 횃불에 비쳐 이글이글 타오르는 것 같았어요.

"지금까지 우리는 백성의 도리를 지키느라 참기만 했습니다. 하지만 조정은 더는 백성 돌보기를 포기한 듯합니다. 그러니 이제 우리가 해냅시다. 우리 스스로 어려운 백성을 구제합시다!"

"와아!"

터질 듯한 함성과 함께 농민들은 고부 관아를 향해 나아갔어요. 농민들의 기세에 깜짝 놀란 고부의 관리들은 도망가기 바빴어요. 조병갑도 이미 도망간 뒤였어요. 농민들은 그를 잡지 못한 것을 원통해했어요. 하지만 고부에서의 통쾌한 승리는 농민들에게 큰 자신감을 불어넣어 주었어요.

이때부터 관군과 농민들 사이의 본격적인 전투가 시작되었어요. 농민들의 울분을 미처 다 헤아리지 못한 정부군은 그저 힘으로 농민군을 막으려고만 했지요.

"관군이 출동했다 합니다. 신식 무기를 가진 군사가 족히 2천 명은 될 듯합니다."

조정을 상대로 싸워야 하는 농민군의 마음은 더욱 비장해졌어요. 모두들 관군의 출동 소식에 바짝 긴장하는 눈치였어요.

'농사만 짓던 이 사람들에게 자꾸 전투를 벌이게 하다니…….'

농민군을 이끌던 전봉준의 마음은 괴로웠어요. 하루빨리 농민들이 모두 다 편하게 살 수 있는 세상을 만들고 싶은데, 그러기 위해서 지금 당장은 싸울 수밖에 없었어요.

총을 쏘아 본 적이 없는 농민들이지만 마음에는 자신감이 넘쳤어요. 무엇보다도 스스로 자신의 권리를 찾아야 한다는 간절한 마음이 있었어요.

"자, 그럼 이 지역의 지형을 잘 이용해서 작전을 짭시다."

농민군은 관군을 덕천면의 황토현으로 유인했어요. 그리고 죽창과 구식 총을 들고 관군에 맞섰어요. 신식 무기로 보리밭을 짓밟고 오는 관군을 향해 농민군은 일제히 장태를 굴리기 시작했어요. 장태는 나무로 닭장같이 얽고 그 밑에 바퀴를 단 전투용 수레예요. 농민군은 그 장태 뒤에 숨어 빠르게 움직였어요. 신식 총을 가진 관군들은 눈이 휘둥그레지며 당황했어요. 빠르게 굴러오는 장태 뒤에 숨어 있는 농민군을 쏘기란 여간 어려운 일이 아니었어요. 관군은 결국 농민군들의 이 작전에 말려들고 말았어요.

밤부터 새벽까지 치열하게 맞붙은 전투는 아침이 되어 완전히 끝이 났어요. 결과는 농민군의 완벽한 승리였어요.

아침 햇살이 마을을 따사롭게 비추었어요. 오늘 새벽의 그 치열했던 전투를 기억하지 못하는 듯 마을은 그저 조용하기만 했어요. 하지만 적막이 감도는 황토현 논바닥에는 관군들의 시체가 어지럽게 널려 있었어요.

"이제 곧 온 천하가 바뀔 걸세."

"전봉준은 진정한 우리의 영웅이야!"

백성들은 기뻐서 어쩔 줄 몰랐어요. 관군까지 이겼으니 이제 새 세상이 올 거라 모두들 자신했어요.

이곳이 바로 관군과의 싸움에서 처음으로 승리를 거둔 '황토현 전적지'예요. 지금 이곳에는 '갑오 동학 혁명 기념탑'과 '전적지 기념관'이 들어서 있답니다. 하지만 그때의 절박했던 농민군의 마음을 다 헤아리기란 어려운 일이에요. 아마 변함없는 황토현 땅만이 그날의 일을 생생하게 기억하고 있겠지요.

그렇다면 농민 항쟁은 이렇게 성공적으로 끝난 걸까요?

이후 농민군은 황룡강 전투와 전주성 전투에서 차례로 승리해 호남 지역을 완전히 차지하게 되었어요. 하지만 농민군의 승리는 여기서 멈추고 말아요. 애석하게도 조정이 청나라와 일본 군대의 힘을 빌렸거든요. 이 때문에 농민군은 관군과 일본군이 합쳐진 연합군과 맞서 싸워야 했어요.

농민군과 연합군의 주요 싸움터는 공주 지역이었어요. 이 지역을 뚫어야 서울까지 나가 싸울 수가 있거든요. 하지만 공주의 우

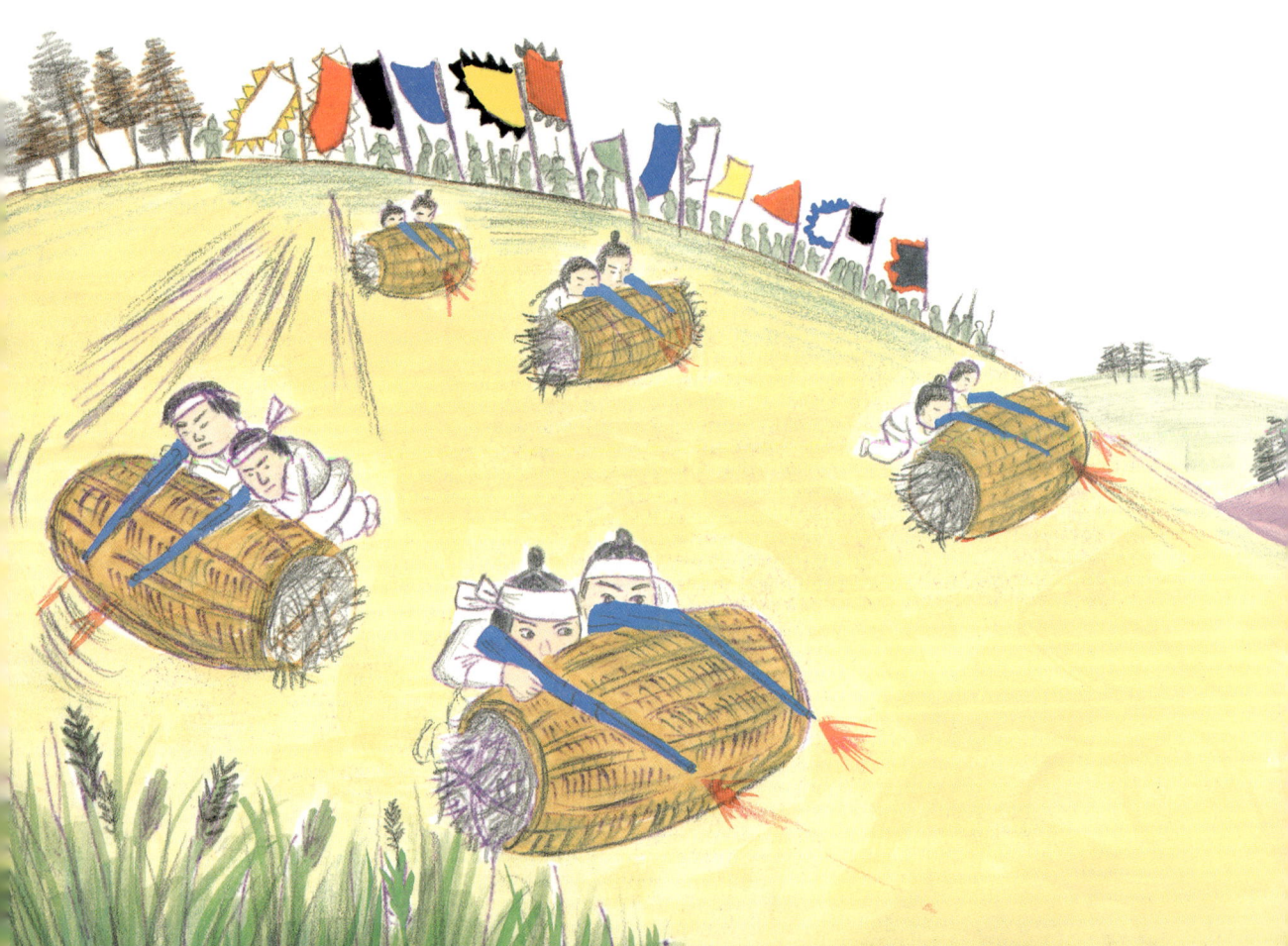

금치 지역에서 일어난 전투는 결국 동학 농민군의 마지막 싸움이 되고 말았어요. 우금치 전투는 농민군에게는 너무 힘에 부치는 싸움이었거든요. 강력한 무기를 가진 일본군과 관군 앞에 농민군은 하나둘씩 쓰러지기 시작했어요. 전투가 계속될수록 농민군의 수는 절반에서 다시 절반으로 계속 줄어들었어요.

조선 백성의 자주성을 되찾고 조정의 부패를 막으려 했던 농민군의 큰 뜻은 결국 이렇게 우금치에서 주저앉고 말았어요. 지금 이 우금치 지역에는 '우금치 동학 혁명 위령탑'만이 외롭게 서서 그때의 일을 되새겨 주고 있어요.

하지만 이곳은 그 어떤 위인들의 무덤보다 소중한 곳이에요. 가장 평범했던 농민들이 스스로 참된 사회를 만들기 위해 싸웠던 곳이니까요.

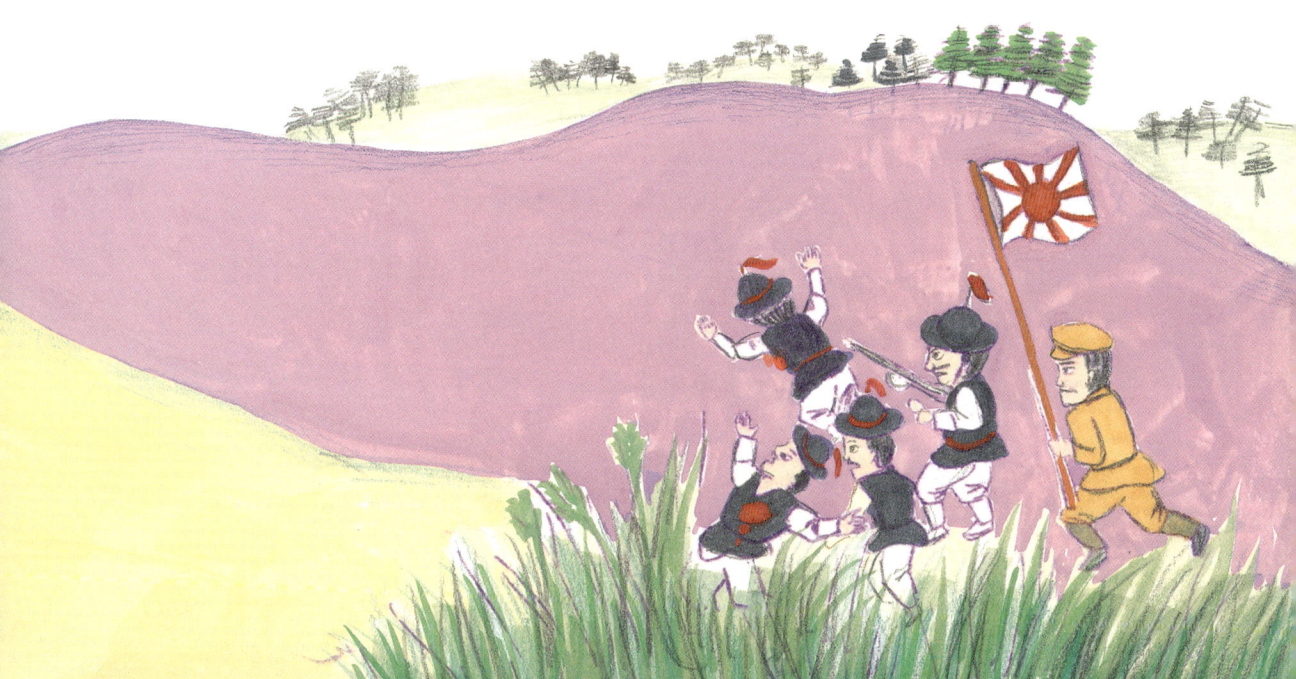

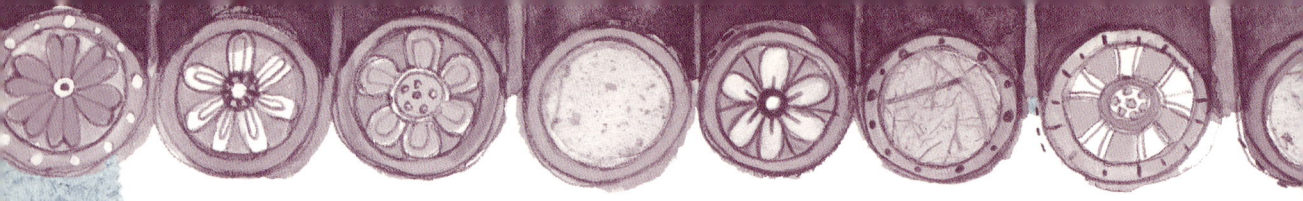

동학 농민 혁명의 지도자

정읍의 전봉준 생가

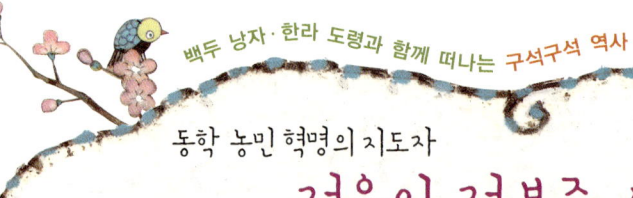

우금치 전투가 끝난 이후, 전봉준 장군은 어떻게 되었나요? 어째서 사람들은 전봉준 장군을 '녹두 장군'이라고 불렀나요? 전봉준 장군에 대해 자세히 알고 싶어요.

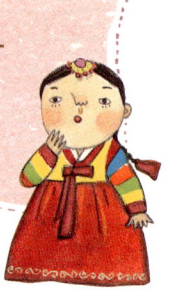

우금치 전투로 인해 많은 농민들이 목숨을 잃었고, 살아남은 농민들도 뿔뿔이 흩어졌어요. 일본군은 도망간 농민군을 찾아내기 시작했고, 결국 숨어 있던 전봉준 장군도 관군에 잡히고 말았어요. 장군은 한양으로 끌려간 후 곧바로 죽임을 당했어요. 그의 나이 41세였어요. 하지만 장군은 끝까지 당당한 모습을 잃지 않았대요. 다만 나랏일을 바로잡지 못했음을 크게 슬퍼했었답니다. 사람들은 전봉준 장군을 '녹두 장군'이라고

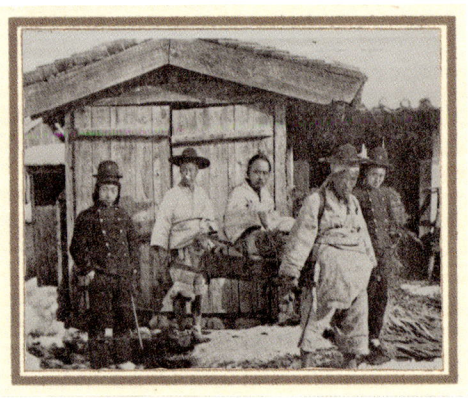

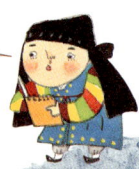

전봉준 장군이 잡혀가는 모습이에요.

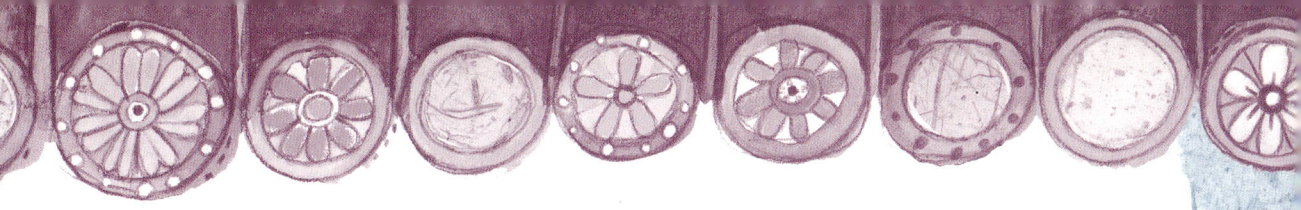

불렀는데요. 녹두는 전봉준 장군의 별명이에요. 녹두처럼 작은데 담력과 기백이 넘치고 단단해서 그런 별명이 붙여진 거래요. 전봉준 장군이 살았던 집은 원래 정읍의 조소마을이라는 곳에 있었는데, 고부 봉기가 끝난 후 관리에 의해 불에 타 버렸어요. 지금의 집은 당시의 옛집을 다시 복원시켜 놓은 것이랍니다.

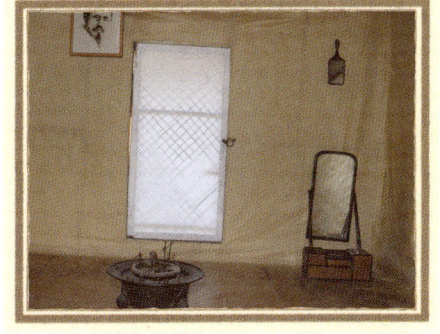

사적 제293호 전봉준 생가의 방 안 모습

지금도 사람들은 전봉준 장군의 생가를 찾으면 '새야 새야 파랑새야'라는 노랫말을 생각해요. 전국에 퍼져 지금까지도 전해 내려오는 이 노랫말은 당시 많은 백성들이 녹두 장군의 죽음을 안타까워하며 부르던 눈물의 노래였답니다.

새야 새야 파랑새야 / 녹두밭에 앉지 마라

녹두꽃이 떨어지면 / 청포 장수 울고 간다

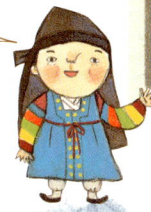

동학 농민 운동의
지도자 전봉준 장군이
살았던 집이에요.

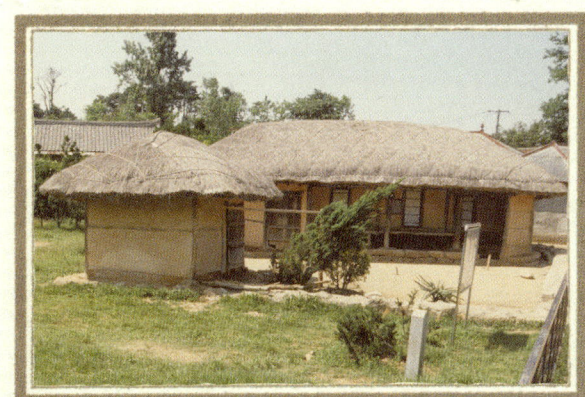

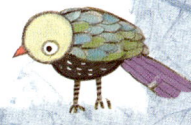

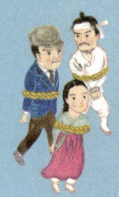

3·1 운동의 독립 정신을 기린다

서울 탑골 공원

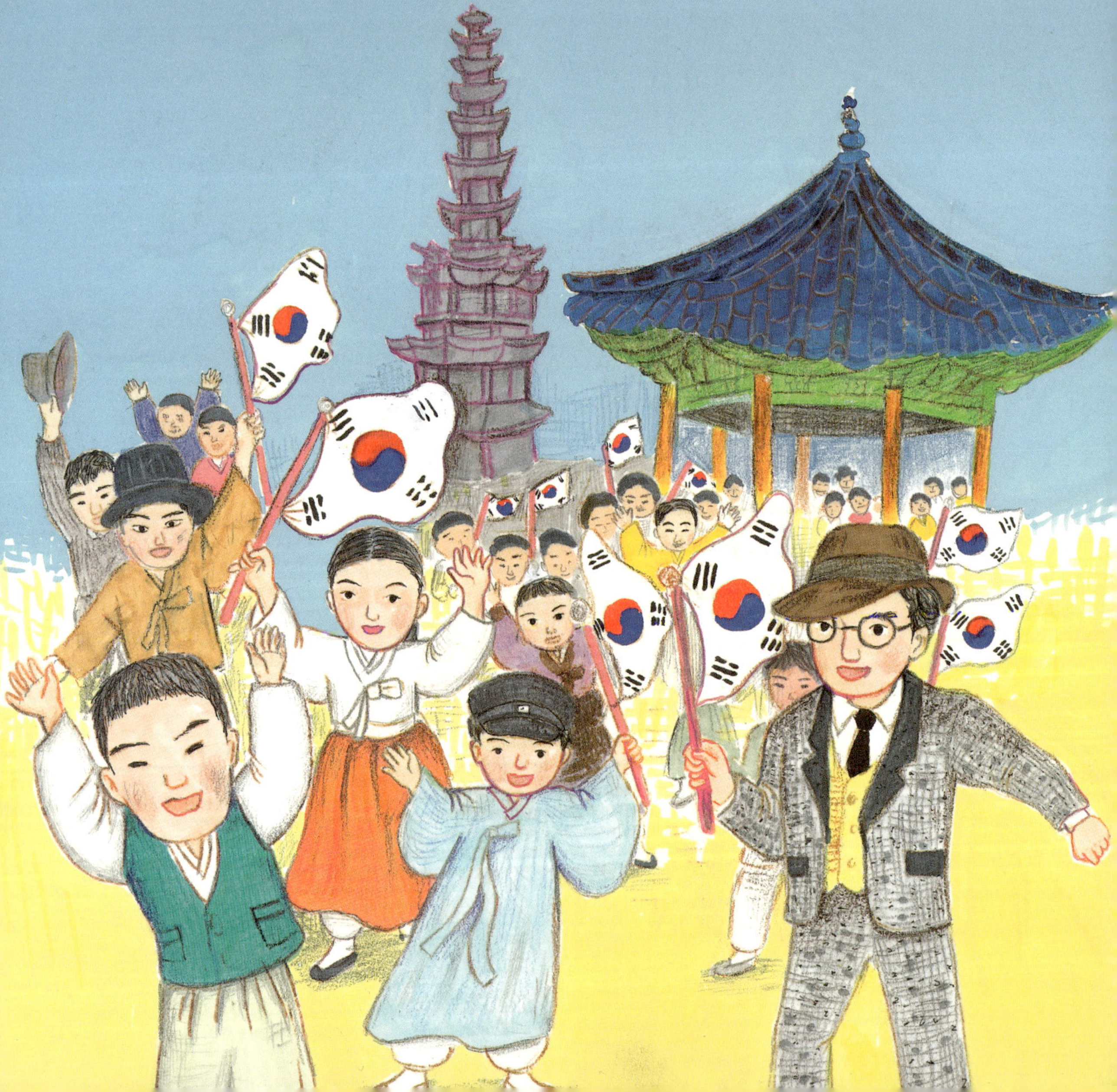

1919년, 일본이 우리나라를 강제로 차지하고 있을 때였어요. 모든 국민들은 3월 1일을 기다리고 있었답니다. 그날은 바로 우리나라의 독립 의지를 온 천하에 알리기로 한 날이었거든요.

각 지방에서 사람들이 모여들기 시작했어요. 이틀 후에는 바로 고종 황제의 장례식이 있는 날이라 사람들은 미리부터 서둘러 서울로 올라온 거예요.

"오늘 틀림없이 해낼 수 있겠죠?"

"그걸 말이라고 해요? 죽을 각오를 하고서라도 모두 함께 일어서야죠."

"일단은 온 세상에 다 알려야 해요. 우리가 일본으로부터 독립할 수 있는 길은 오직 그 길밖에 없어요."

서울 탑골 공원으로 모여드는 사람들의 표정은 진지했어요. 모두들 지난달 일본에서 있었던 조선 유학생들의 독립 운동을 생각했어요. 국내의 모든 독립 운동가와 백성들에게 큰 감동을 주었던 그 사건은 3 · 1운동의 불씨 같은 것이었거든요.

"동경에 있는 어린 학생들도 독립 만세를 불렀다는데, 우리가 가만히 있을 수는 없지요."

"맞아요! 이제는 이 땅에 있는 우리가 당당히 독립 선언을 해야 할 때입니다."

이렇게 해서 기독교, 불교, 천도교 등 각 종교의 대표와 지식인들이 모여 독립 선언문을 작성했어요. 바로 손병희, 한용운 등 민족 대표 33인이 그들이에요.

약속했던 시간인 정오가 가까워 오고 있었어요. 얼추 5천 명의 학생과 백성이 모여들었어요. 이제 곧 정오가 되면 이 서울 거리는 온통 '대한 독립 만세!'라는 가슴 벅찬 외침으로 물결칠 거예요. 이름도 없이 모인 이 평범한 백성들은 하나같이 이 나라의 독립을 위해 목숨까지도 바칠 각오가 되어 있었어요. 이들에게는 오직 그것만이 가장 간절한 소망이었거든요.

그런데 시간이 다 되어 갈수록 점점 이상한 느낌이 들었어요. 오기로 했던 민족 대표 33인이 한 명도 보이질 않는 거예요.

"왜 아직 나타나지 않는 거지?"

"그러게. 정오가 다 됐는데……. 혹시 중간에 무슨 일이라도 생긴 거 아냐?"

시간은 점점 흐르고 있었어요. 사람들은 초조해지기 시작했어요. 이러다가 독립 운동 계획이 물거품이 된다면 조선의 독립은 더욱 멀어질지도 모를 일이었어요.

"안 되겠어요. 더는 기다릴 수 없어요."

민족 대표 33인이 나타나지 않자, 학생들 중의 한 사람이 앞으로 나갔어요. 그리고 우렁찬 목소리로 독립 선언문을 읽어 내려가기 시작했어요.

"우리 조선은 자주 독립 국가이며, 조선은 조선 사람의 것임을 선언하노라. 이를 세계에 알리고 인류가 평등하다는 큰 뜻을 밝히며……."

독립 선언문을 읽어 내려가는 동안 백성들의 눈에는 눈물이 고였어요. 그것은 정말 가슴 벅찬 내용이었어요. 그동안 일본에게 당했던 걸 생각하면 조선 사람 누구나 이 말을 크게 외치지 않을 수 없었어요.

"대한 독립 만세!"

"대한 독립 만세!"

선언문 낭독이 끝나자마자 사람들은 일제히 밖으로 뛰어나갔어요. 서울 거리는 '대한 독립 만세!'라는 외침의 물결로 출렁거렸어요. 깜짝 놀란 일본 시위대가 손에 태극기를 들고 만세를 부르는 사람들에게 총부리를 겨누기 시작했어요.

수많은 백성들이 일본군의 총에 맞아 쓰러졌어요. 하지만 대한

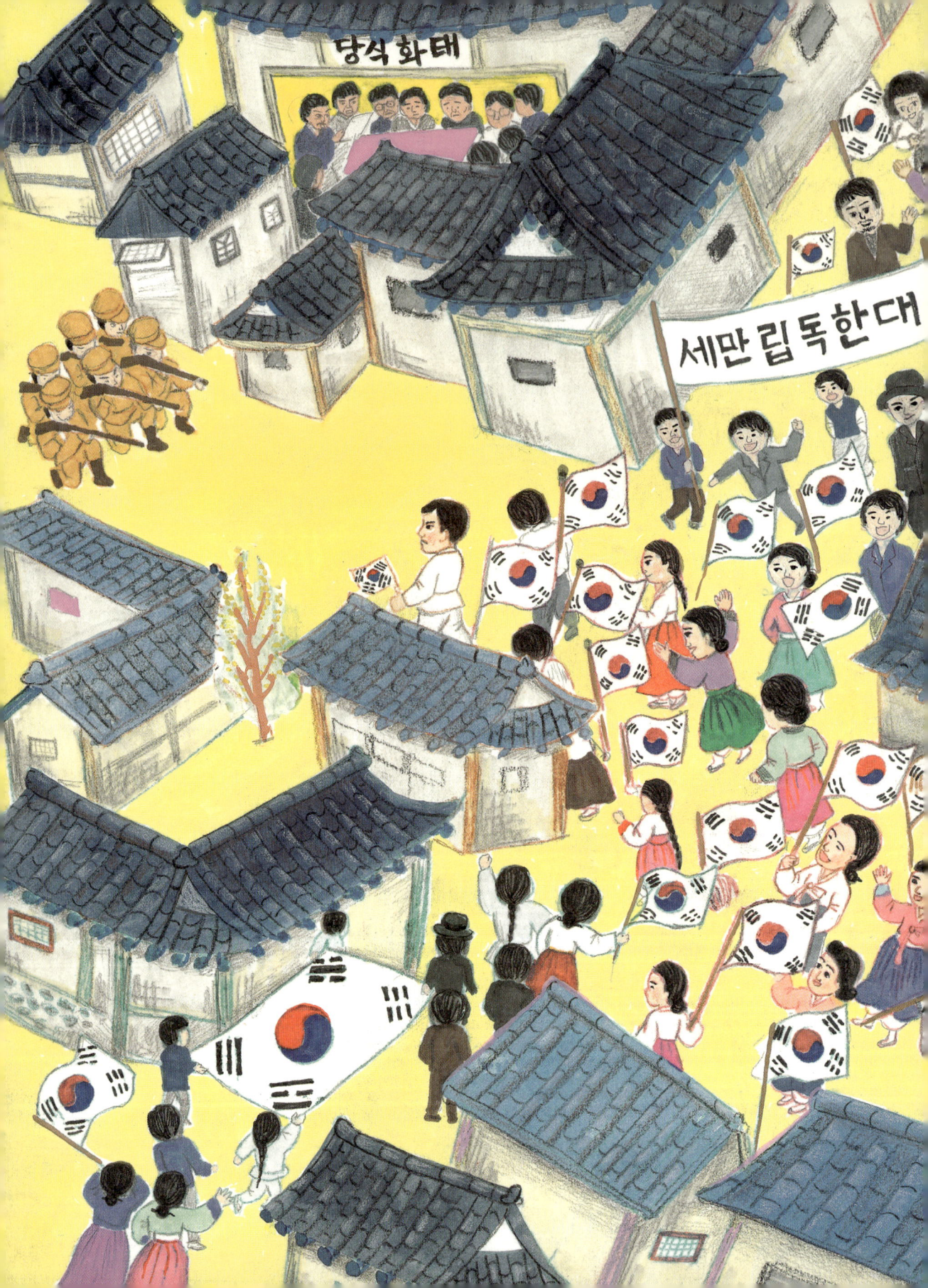

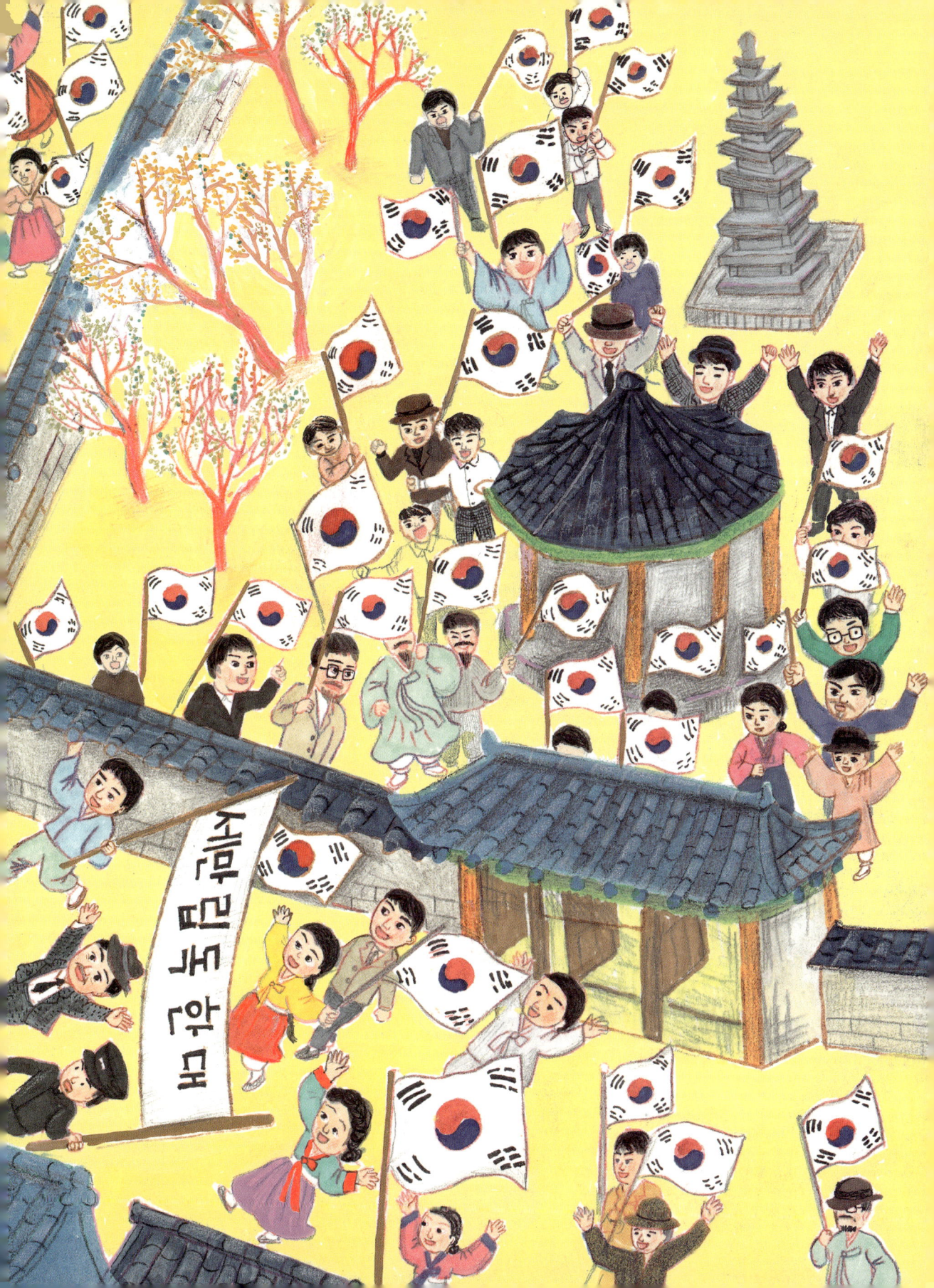

의 독립을 갈망하는 외침은 끊어지지 않았어요. 일본군은 우리 백성들을 무력으로 짓밟았지만 끝내 백성들의 독립 의지를 짓밟지는 못했어요.

이렇게 모든 백성들이 만세 운동을 펼치고 있을 때, 민족 대표 33인은 안국동의 태화관이라는 음식점에 모여 있었어요.

"탑골 공원에는 사람이 너무 많아 가기가 어렵겠습니다. 여기서 독립 선언문을 낭독합시다."

"그래요. 이번 시위는 어디까지나 평화롭게 해야 합니다. 그래야 서양 여러 나라가 우릴 도와주려 하지 않겠습니까?"

민족 대표들은 태화관에서 독립 선언문을 낭독했어요. 그리고 일본 총독부에 스스로 이 사실을 알리고 잡혀갔어요. 우리의 독립 의지를 알리되 일이 더 크게 벌어지는 걸 막으려는 생각에서였어요. 하지만 그 시간 수많은 백성들이 목숨을 내걸고 독립을 외쳤던 사실을 생각하면 가슴 아픈 일이 아닐 수 없어요.

3·1운동으로 인해 수많은 백성들이 일본군에게 잡혀갔어요. 민족 대표 33인에서부터 우리가 잘 아는 유관순 열사와 평범한 학생들까지 수를 헤아릴 수 없을 정도로 많았어요.

하지만 3·1운동은 나라 안의 독립운동을 일으키는 불꽃이 되었어요. 그날부터 전국 방방곡곡이 '대한 독립 만세!'라는 함성으로 들끓기 시작했으니까요.

독립운동에 참가하는 사람들도 점점 더 다양해졌어요. 처음에는 주로 학생과 지식인들이었지만, 나중에는 백정, 기생 등 사회에서 천대받던 이들도 참여했어요. 우리나라의 독립은 모든 조선 사람에게 목숨처럼 소중한 것이었으니까요.

이렇게 해서 번진 독립운동은 3월에서 5월까지 모두 1천5백 회나 열렸고, 참가한 사람의 수만 해도 2백만 명이 넘었다고 해요. 게다가 이 기간 동안 사망한 사람의 수는 7천 명이 넘었고, 1만 6천여 명이 부상당했어요. 그뿐이 아니에요. 독립운동의 불길을 완전히 사그라지게 하려고 일본군은 백성들을 닥치는 대로 잡아 옥에 가두었어요. 이때 체포된 사람이 5만 명이나 되었다고 해요.

일본의 이런 지독한 탄압 때문에 만세 운동은 오래 지속되지 못했어요. 더는 운동을 이끌어 갈 지도자도 없었고, 운동을 계획하면 금세 잡혀갔으니까요.

그러나 3·1 운동은 우리 민족 모두가 우리나라의 독립을 위해 일어서는 계기가 된 역사적인 사건임에 틀림없어요.

또한 당시의 그 열렬한 외침을 깊이 간직한 채 서울 한가운데 자

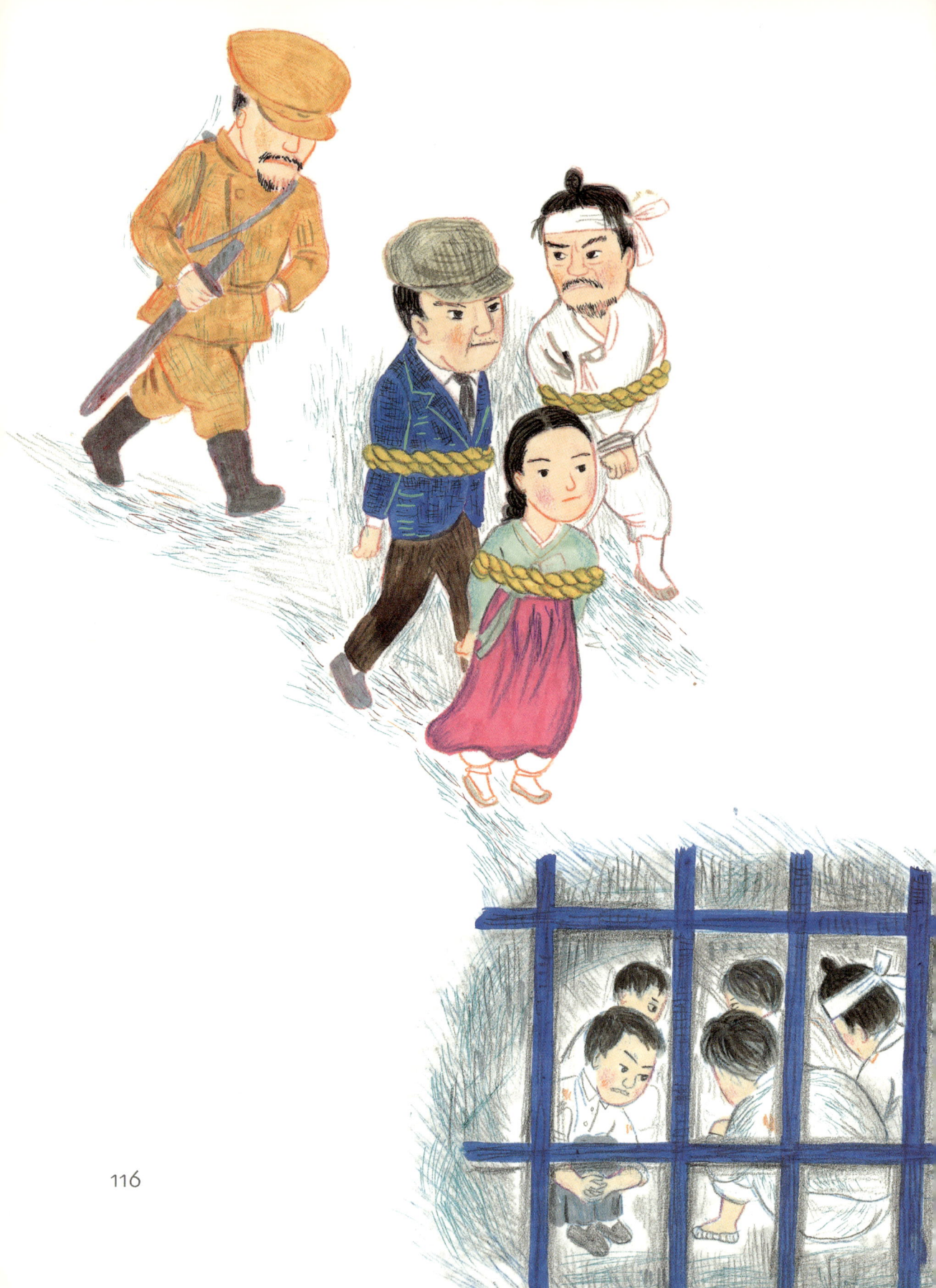

리 잡고 있는 종로의 탑골 공원도 꼭 기억해야 할만 장소이구요.

파고다 공원이라고도 불리는 탑골 공원은 정문인 삼일문을 지나 안으로 들어가면 손병희 민족 대표의 동상, 선언문을 낭독했던 자리인 팔각정, 그리고 당시의 독립 정신을 기리기 위해 독립 선언문 기념비와 동상들이 있어요. 그 조각들을 보면 지금도 주먹을 불끈 쥔 우리 백성들이 금방이라도 튀어나와 독립 만세를 외칠 것만 같아요.

오늘날 우리가 언제든 마음 편하게 들러 평화롭게 쉬기도 하는 이곳이 독립운동의 역사를 간직하고 있다는 사실을 잊지 말아요. 그리고 지금 이렇게 즐거운 마음으로 둘러볼 수 있는 것도 1919년 당시의 외침이 있었기 때문이라는 걸 항상 기억하도록 해요.

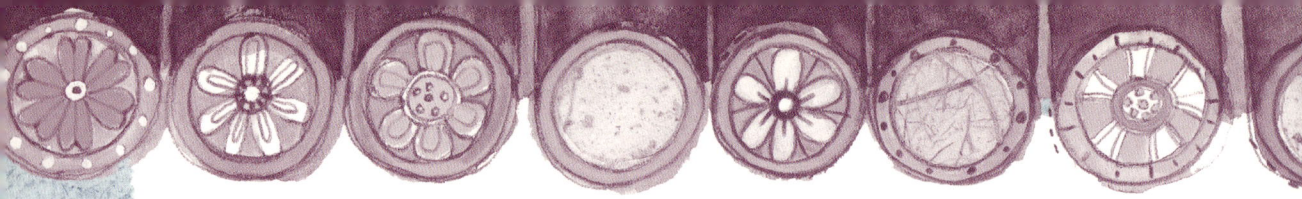

역사의 교훈을 아로새기는
서대문 독립 공원

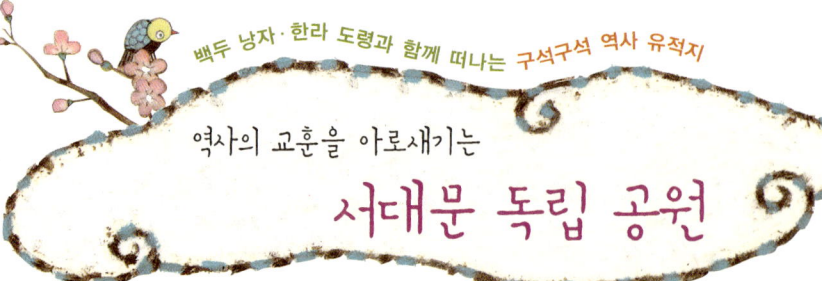

일제 시대, 탑골공원에서 만세를 불렀던 우리나라 사람들은 모두 '경성 감옥' 이라는 곳에 잡혀가서 고문을 당했다고 들었어요. 경성감옥은 지금의 어디에 있는 건가요? 자세히 알고 싶어요.

탑골 공원에서 온 백성의 독립 만세 운동이 시작되었죠. 그렇다면 그 후 만세를 부른 우리나라 사람들은 어떻게 되었을까요? 일제의 잔인한 총칼에 목숨을 잃거나 고문을 당했어요. 그 사실을 확인할 수 있는 곳이 바로 '서대문 독립 공원'이에요. 서대문 독립 공원은 그 당시에 독립 운동가들이 잡혀가 고문을 받았던 서대문 형무소, 즉 '경성 감옥'이거든요. 그때의 무시무시했던 장소가 역사 공원으로 새롭게 태어난 거죠.

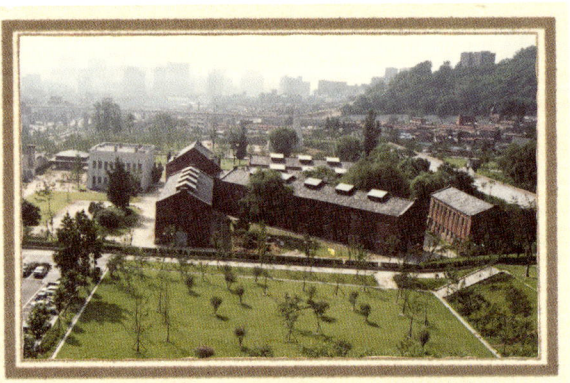

서대문 형무소의
원래 이름은
'경성 감옥'이었어요.

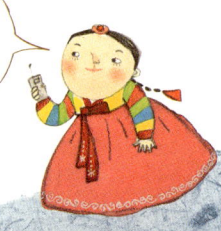

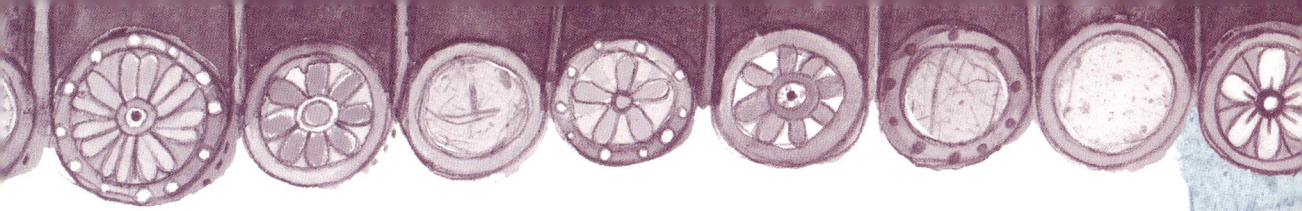

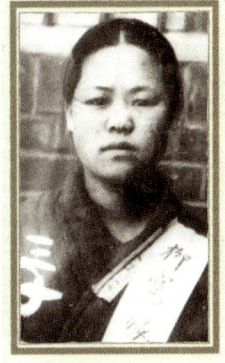

서대문 형무소에서
숨진 유관순 열사

서대문 형무소는 1908년 일본에 의해 만들어진 감옥으로 동양에서는 손꼽힐 만큼 큰 감옥이었대요.

지금은 옛날 형무소였을 때의 대표적인 곳 몇 군데만 남겨 독립 공원으로 만들어 놓았는데요. 안으로 들어가면 그때의 서대문 형무소 감옥을 그대로 재현해 놓은 역사 전시관을 볼 수 있어요. 또한 지하에는 그 당시의 고문 현장을 체험해 볼 수 있도록 꾸며 놓았답니다.

서대문 독립공원에서 가장 가슴 아픈 장소는 공원 안쪽에 자리잡은 사형장이에요. 이 사형장에서 수많은 애국 지사들이 죽임을 당했지요. 어린 여학생의 몸으로 앞장서서 독립을 외쳤던 유관순을 비롯한 수많은 독립 운동가들이 마지막까지 독립을 외쳤던 곳이랍니다. 모진 고문을 다 받으면서도 나라를 위해 목숨을 아까워하지 않았던 조상들이 있었기에 오늘날의 우리도 존재하는 거겠지요? 우리 모두 뼈아픈 역사도, 조상들의 고마움도 절대 잊지 말도록 해요.

서대문 형무소 안의
감방 시설의
모습이에요.

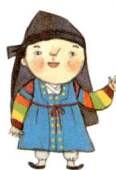

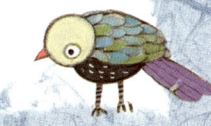

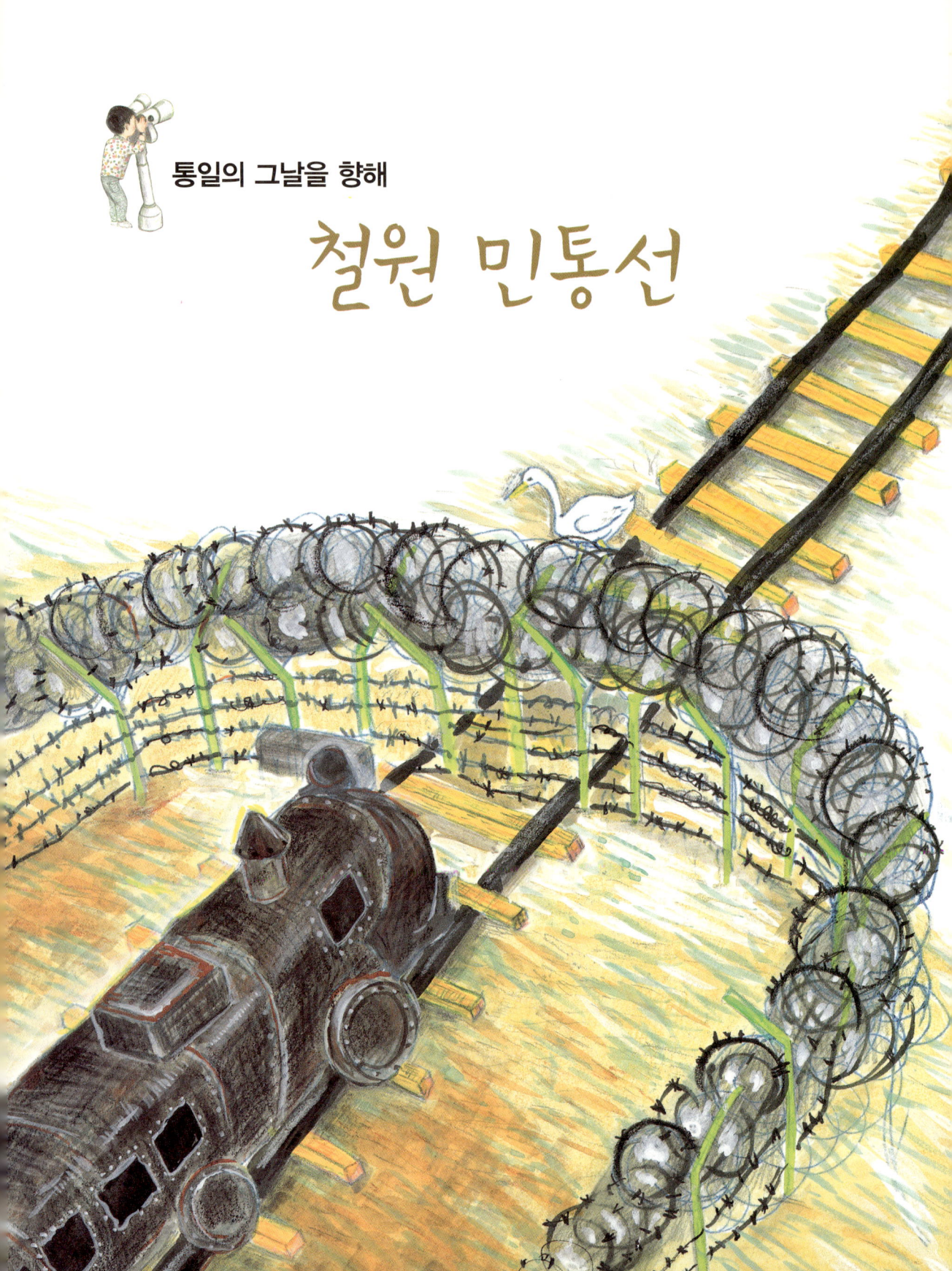

통일의 그날을 향해

철원 민통선

"무슨 일 났나?"

"그러게 말이야. 갑자기 왜 저렇게 난리야?"

군용차들이 줄지어 달리자 서울 시민들은 이상한 생각이 들었어요. 저렇게 많은 군용차들이 한꺼번에 이동하는 것은 처음 보았거든요.

시간이 흐를수록 불길한 느낌은 더욱 강해졌어요. 라디오에서는 계속 군인들의 복귀를 알리는 방송이 흘러나왔어요. 자세히 알 수는 없었지만, 뭔가 심상치 않은 일이 일어나고 있는 게 분명했어요.

1950년 6월 25일.

저녁이 되어서야 온 국민들은 이 땅에 무슨 일이 벌어지고 있는지 정확하게 알 수 있었어요.

"국민 여러분, 전쟁이 일어났습니다. 오늘 새벽 북한군이 38선을 넘어 남침을 시작했습니다. 하지만 우리 국군이 북한군에 맞서 잘 막아 내고 있으니, 국민 여러분은 놀라지 마시고 평소 때처럼 생활하십시오."

정부에서 발표한 이 내용은 그러나 사실과 달랐어요. 우리나라는 전쟁에 대한 준비가 전혀 없었기 때문에 북한에 밀리고 있었던 거예요.

우선, 무기부터 상대가 되지 않았어요. 북한은 수백 대의 소련 제 탱크와 전투기 등 강력한 무기들을 가지고 있었어요. 하지만 전쟁에 대한 그 어떤 준비도 없었던 우리 국군은 기껏 일본군이 쓰다 버린 소총과 낡은 대포가 고작이었거든요.

북한군은 빠른 속도로 서울을 향해 내려오고 있었어요. 이미 서울 위쪽 지역은 북한군 손에 넘어간 뒤였죠. 그러나 정부는 계속 국군이 이기고 있다고 거짓 방송을 했어요.

"국민 여러분, 안녕하십니까. 지금 우리 국군이 북한군을 무찌르고 평양까지 진격했습니다. 자랑스런 우리 국군을 믿고 아무 걱정 하지 마십시오."

하지만 이미 상황은 돌이킬 수 없었어요. 북한군이 무서운 기세로 서울까지 쳐들어온 거예요. 서울에 있던 시민들은 허둥대기 시작했어요.

"평양까지 진격했다더니 도대

체 이게 무슨 일이야?"

"빨리 짐을 싸라. 피난을 가야겠다."

"아빠, 엄마……. 무서워!"

"괜찮아, 괜찮아. 이제 곧 국군이 나타날 거야."

서울은 금세 비명과 울음소리로 들끓기 시작했어요. 제대로 피난 준비도 하지 못한 채 몸만 이끌고 서울을 빠져나가는 사람들의 행렬이 줄을 이었어요.

북한군의 전력은 생각보다 막강했어요. 유엔 안전 보장 이사회에서는 북한에게 당장 전쟁을 중지할 것을 명령했어요. 하지만 북한은 유엔의 강력한 명령을 받아들이지 않았어요. 이건 세계와의 약속을 깨뜨리는 일이었어요.

서울은 완전히 지옥으로 돌변했어요. 모든 시민들은 짐을 싸서 남으로 남으로 내려갔어요. 그때 비로소 미국의 군인들이 우리를 돕기 위해 도착했어요. 하지만 미군은 북한군을

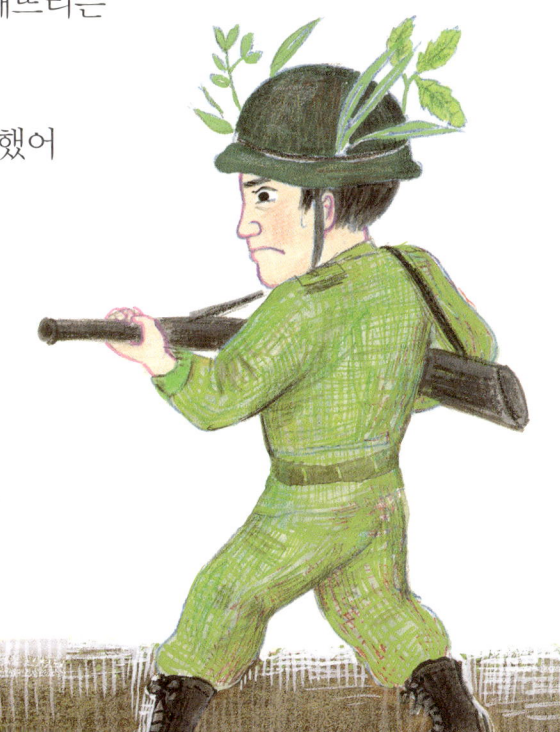

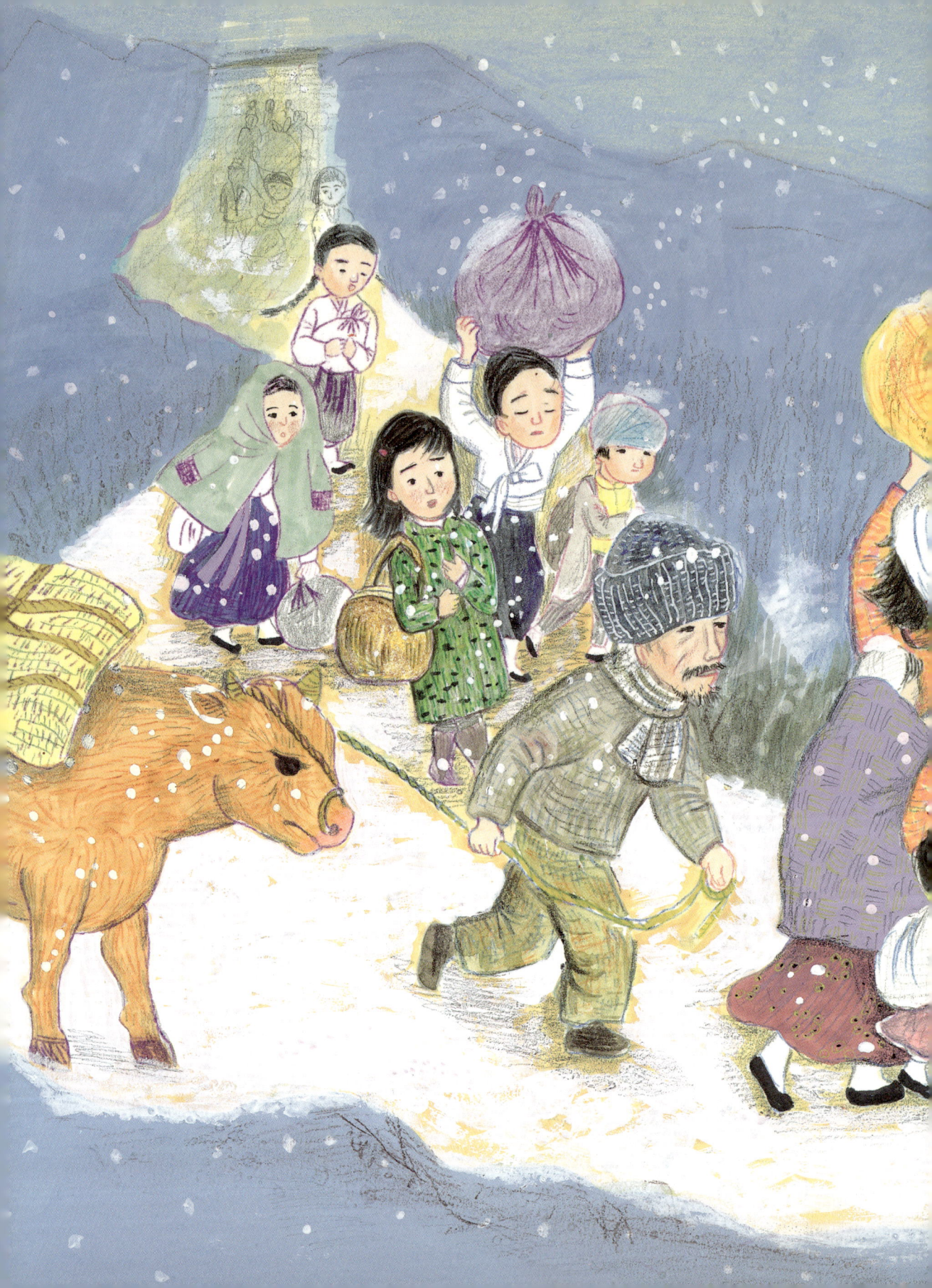

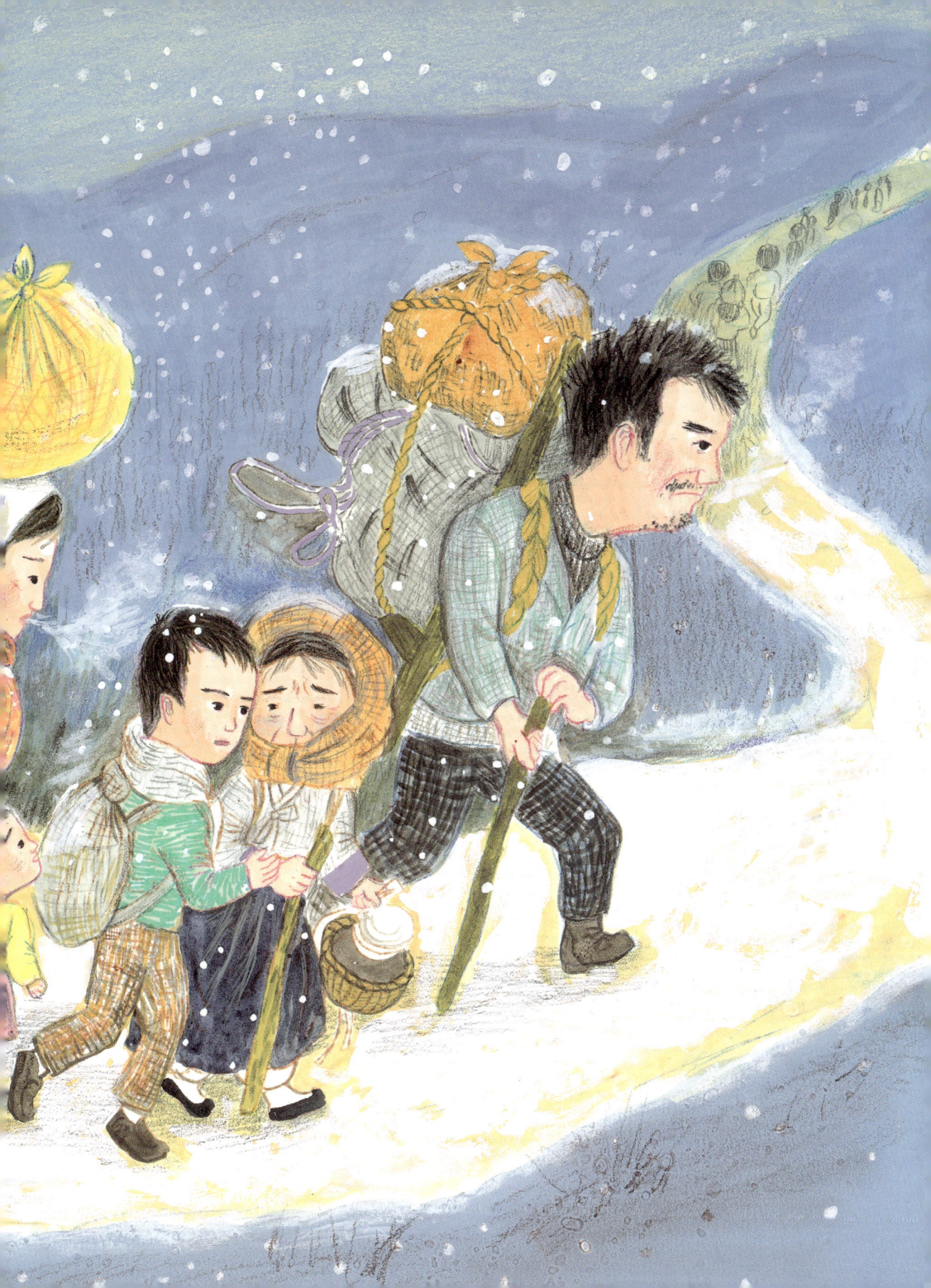

얕잡아 보다가 오히려 북한군에 당하고 말았어요. 북한군은 그 기세를 몰아 한강을 지나 낙동강 유역까지 진격해 왔어요. 우리 국군은 죽음을 각오하고 온 힘을 다해 싸웠어요. 낙동강 지역에서마저 밀리면 전 국토를 빼앗기는 거나 마찬가지였으니까요.

"우리는 이제 더는 물러설 곳이 없다. 우리는 대한민국의 국군이다. 여기서 무너지면 안 된다. 가족들과 조국을 생각하며 우리는 이 땅을 반드시 지켜야 한다. 목숨을 바쳐 싸워 주기 바란다!"

국군의 얼굴에는 비장함이 흘렀어요. 이미 싸우다 전사한 수많은 국군들의 시체들이 낙동강 유역에 넘쳐 났어요. 하지만 낙동강만큼은 절대 빼앗길 수 없기에 국군은 죽음을 각오하고 싸웠어요.

어느새 푸르던 낙동강은 핏빛으로 변해 버리고 말았어요. 너무 많은 시체들이 낙동강에 쌓여 낙동강은 죽음의 강이 되었어요.

그렇다면 과연 우리는 어떻게 서울을 되찾을 수 있었을까요?

이후 유엔군이 들어왔고 맥아더 장군의 인천 상륙 작전이 성공함으로써 우리 국군은 빠르게 서울을 되찾았어요. 국군과 유엔군의 기세는 여기서 멈추지 않았어요. 그들은 기세를 몰아 북한의 압록강까지 올라갔어요. 이념 때문에 나뉘어 있던 우리나라의 완전한 통일이 눈앞에 보이는 듯했어요.

그런데 전혀 예상치 못했던 일이 생겼어요. 그건 바로 중공군 때문이었어요. 북한과 함께 공산주의 국가였던 중국이 북한을 도와준 거예요.

인구가 많은 중국에서 보낸 백만 명이라는 어마어마한 군인은 말 그대로 '사람의 바다'였지요. 숫자에 압도적으로 밀린 우리 국군과 유엔군은 안타깝게도 압록강에서 후퇴하고 말았어요.

싸움은 끝이 없었어요. 죽거나 다치는 군인들은 늘어나고 상황은 조금도 나아지지 않았어요. 밀고 밀리면서 계속되는 전투로 남쪽도 북쪽도 점점 지쳐 갔어요.

"우선 휴전을 하는 게 어떻겠소?"

미국, 소련, 중국 대표들은 자기들 마음대로 전쟁을 중단할 것을 약속했어요. 이렇게 해서 전쟁은 그치고 지금의 휴전선이 생겼어요. 엄청난 목숨을 앗아 간 잔인한 전쟁은 엄청난 피해만 남긴 채 마무리되었어요. 그러니까 전쟁은 끝난 것이 아니라 지금까지도 잠시 쉬고 있는 상태랍니다.

이 휴전선 최전방 지역이 바로 강원도 철원이랍니다. 전쟁의 비극을 가장 가까이서 느낄 수 있는 곳이지요. 철원의 민통선은 일반 사람들은 허가를 받아야만 들어갈 수 있는 곳인데, 그곳에는 끊어져 버린 경원선 기찻길이 아직도 '철마는 달리고 싶다'는 푯말 아래 통일될 날을 기다리고 있어요. 서울과 함경도 원산을 오가던 이 열차는 이곳 월정리 역에서 멈춰 버린 지 벌써 60년도 넘었답니다.

민통선 안에는 전망대가 있지요. 여기에는 망원경이 설치되어 있어 멀리 북녘 땅을 바라볼 수가 있어요. 남쪽으로 피난 왔다가 고향인 북쪽으로 다시 돌아가지 못한 많은 실향민들에게는 눈물의 장소이기도 하지요.

그리고 그 옆으로는 백마고지가 있어요. 백마고지는 한국 전쟁 당시 가장 치열한 전투가 벌어졌던 곳이에요. 당시 이 지역을 뺏고 빼앗기기를 무려 24번이나 해서 산의 모양새가 완전히 변할 정도였다고 하니 참 대단하지요?

또한 철원 민통선 지역에 가면 꼭 보아야 할 곳이 바로 노동당 당사 건물이에요. 이 건물은 당시 북한 노동당 당사로 쓰였는데, 한국 전쟁으로 다 허물어지고 지금은 뼈대만 볼품 없이 남아 있어요. 무수한 총탄 자국만이 남아 있는 노동당 당사를 보면 당시 전쟁의 치열함을 더욱 뼈저리게 느낄 수 있을 거예요.

참, '승일교'라는 다리도 잊지 마세요. 승일교는 원래 전쟁 전에 북한이 놓기 시작했는데 휴전 후 철원이 남한 땅에 속하게 되면서 남쪽에 의해 완공되었대요. 그래서 이름이 남북한 대표였던 이승만의 '승'과 김일성의 '일'을 따서 승일교가 되었어요. 이 다리처럼 남북이 하나로 화합하는 날은 과연 언제 올까요?

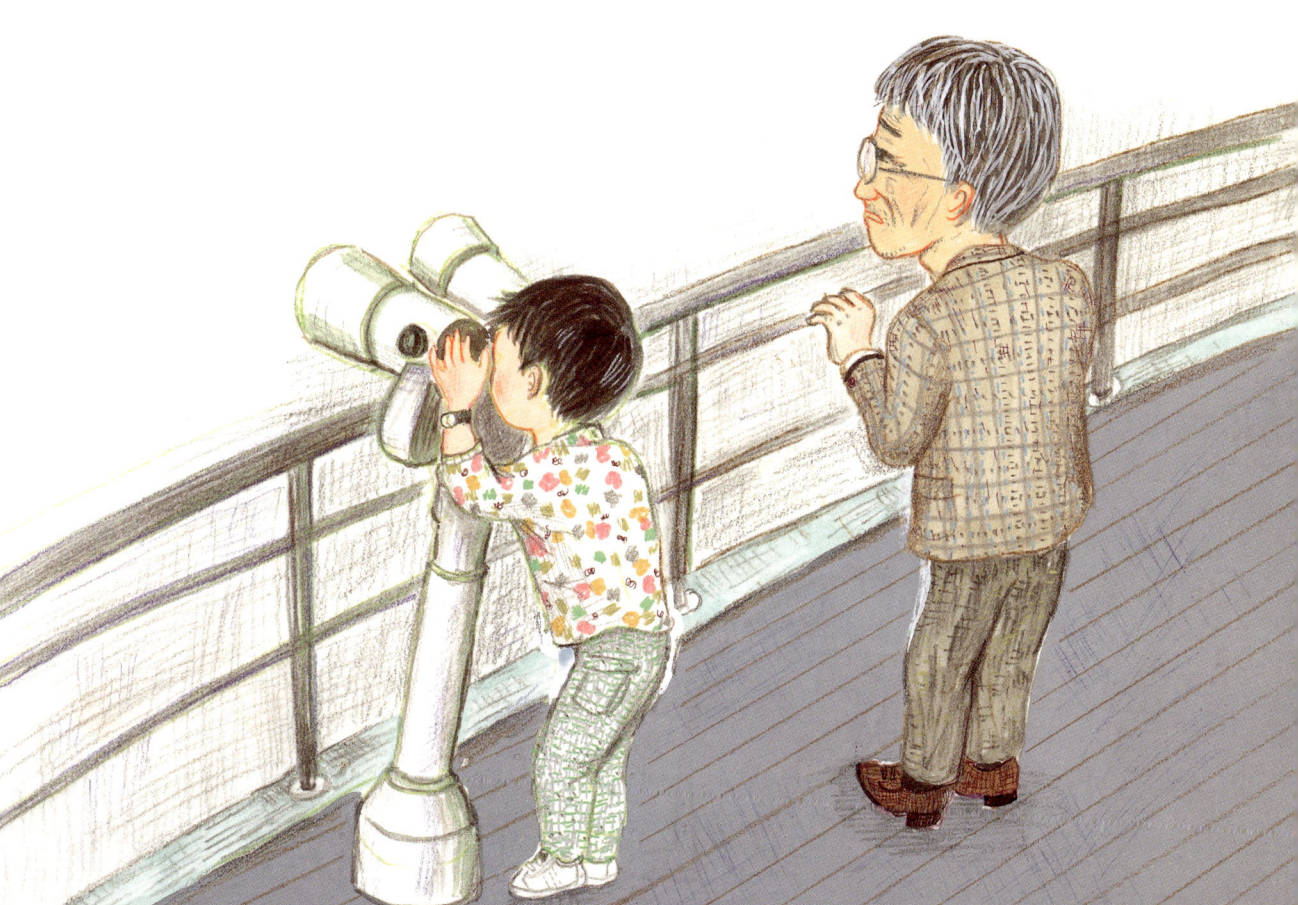

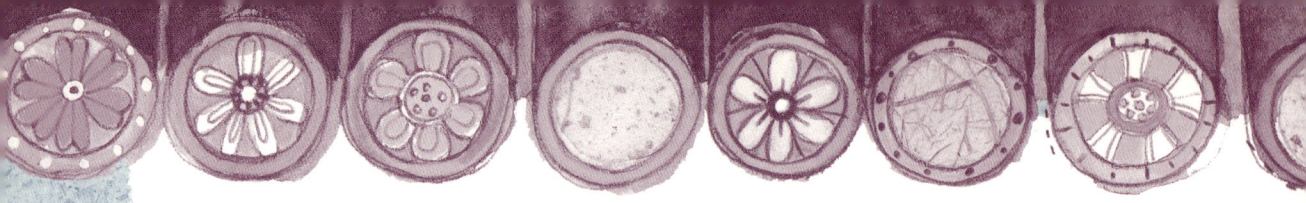

백두 낭자·한라 도령과 함께 떠나는 **구석구석 역사 유적지**

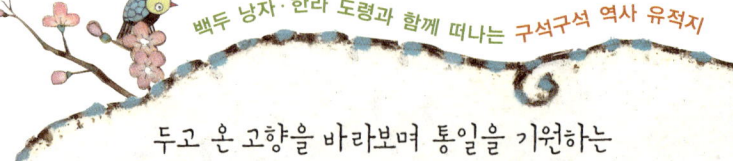

두고 온 고향을 바라보며 통일을 기원하는
파주의 임진각

휴전선 근처에는 우리나라 남북 분단의 비극적인 현실을 상징하는 '자유의 다리', '임진각' 같은 곳들이 있다고 들었는데요. 어떠한 곳들인지, 사람들은 이곳에서 무엇을 하는지 자세히 알고 싶어요.

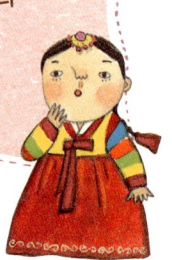

휴전선을 사이에 두고 흐르는 강이 임진강인데요. 이 강 위를 가로질러 놓인 다리가 바로 '자유의 다리'예요. 휴전이 되면서 전쟁 포로들이 이 다리를 건너 각각 남으로 북으로 돌아갔지요. 하지만 지금은 가장 자유롭지 못한 다리가 돼 버렸어요.

그리고 이 자유의 다리가 있고 통일로가 끝나는 곳, 여기가 바로 임진각이에요. 경기도 파주시 문산에 속한 임진각

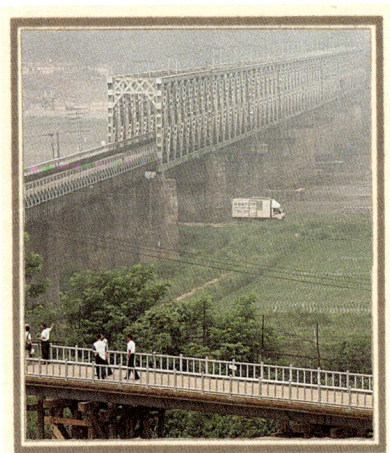

1953년에 한국 전쟁이 휴전되면서 남북한이 1만 2,773명의 포로를 교환했던 자유의 다리예요.

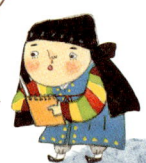

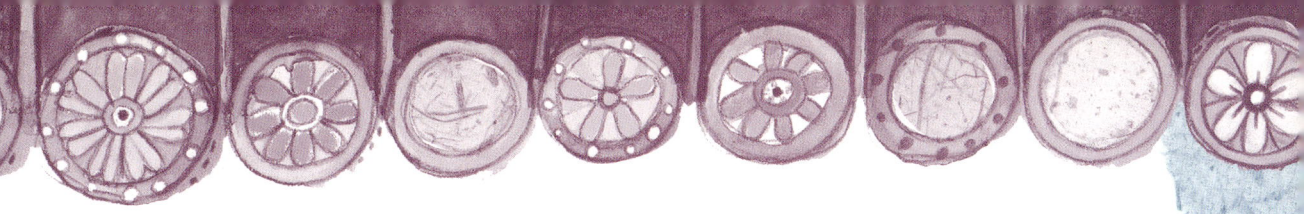

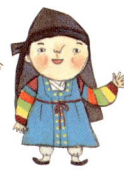

설날이나 추석이 되면
고향에 갈 수 없는 실향민들이
망배단에서 단체로
제사를 지낸답니다.

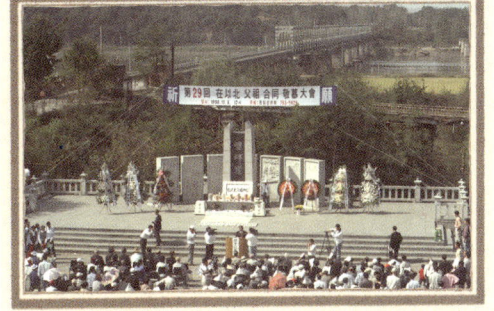

은 휴전선에서 남쪽으로 7킬로미터 정도 떨어져 있어요. 북한이 고향인 사람들에게는 마치 고향과 같은 곳이지요.

이곳에는 휴일이면 북한에 두고 온 가족들을 생각하며 찾아오는 사람들이 굉장히 많아요. 이 사람들을 보면 우리 주위에 여전히 전쟁의 상처를 안고 살아가는 사람이 얼마나 많은지를 새삼 깨닫게 되지요. 당장 달려가 보고 싶은 고향땅을 망원경으로밖에 볼 수 없는 심정은 어떨까요? 이곳에 오면 하루빨리 통일이 되어야겠다는 생각이 저절로 든답니다. 임진강 역 앞의 운행이 중단된 경의선 철도를 상징하는 철길도 이런 심정을 잘 보여주고 있지요.

이렇게 휴전선 근처에는 한국 전쟁의 아픔을 간직한 곳들이 곳곳에 남아 있어요. 끊어진 철길이 다시 이어지고, 건널 수 없는 다리를 자유롭게 오가고, 망원경 없이도 달려가 북녘 땅을 볼 수 있는 그날! 그날이 너무 멀지 않았으면 좋겠어요.

우리나라 등록문화재
제78호인 경의선 장단역
증기기관차예요.

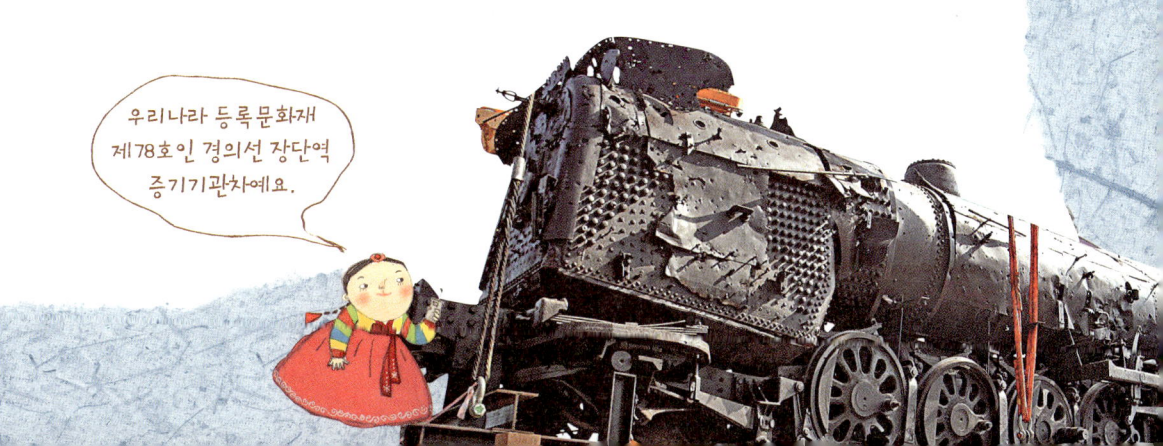

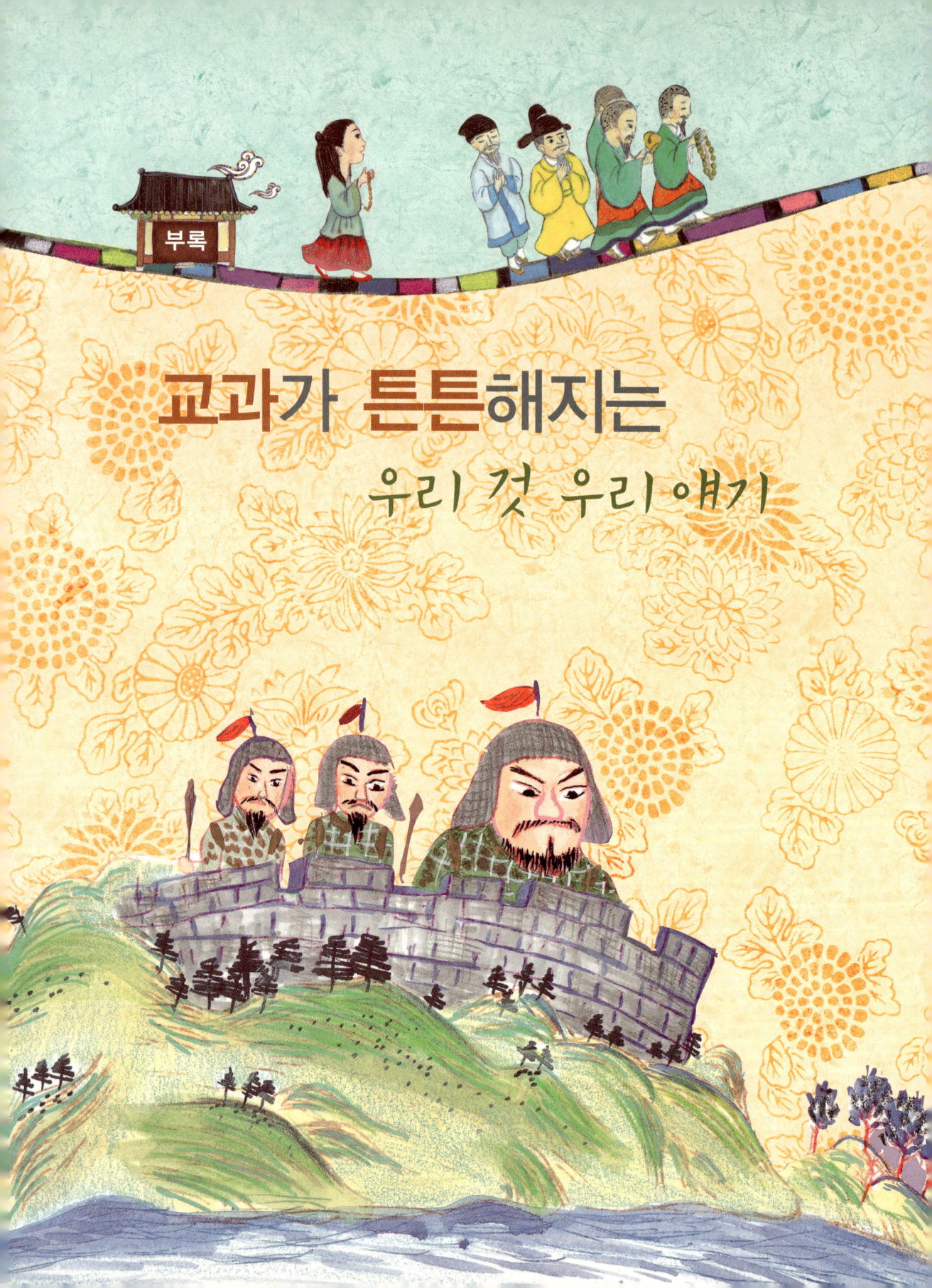

부록

교과가 튼튼해지는
우리 것 우리 얘기

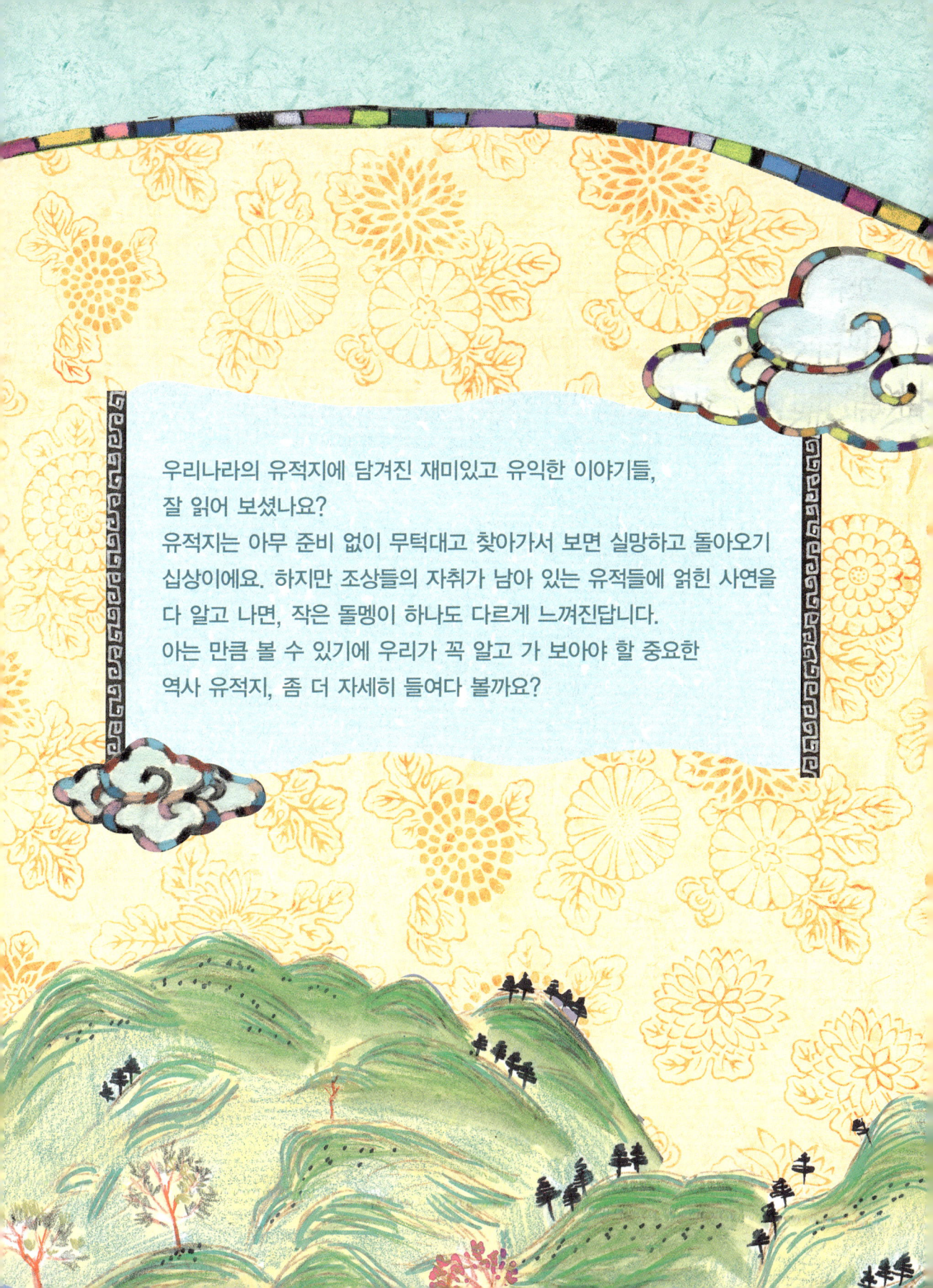

우리나라의 유적지에 담겨진 재미있고 유익한 이야기들,
잘 읽어 보셨나요?
유적지는 아무 준비 없이 무턱대고 찾아가서 보면 실망하고 돌아오기
십상이에요. 하지만 조상들의 자취가 남아 있는 유적들에 얽힌 사연을
다 알고 나면, 작은 돌멩이 하나도 다르게 느껴진답니다.
아는 만큼 볼 수 있기에 우리가 꼭 알고 가 보아야 할 중요한
역사 유적지, 좀 더 자세히 들여다 볼까요?

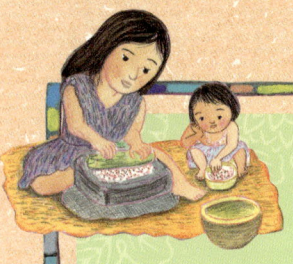

구석구석 돌아보는 우리나라 역사 유적지

선사 시대부터 시작해서 삼국, 고려, 조선 시대를 거쳐 오늘날에 이르기까지, 우리나라 에는 각 시대의 역사 흔적을 간직하고 있는 곳이 많이 있어요. 곳곳에 있는 유적지들 을 통해 그 시대의 역사와 문화, 생활 모습을 하나하나 배워 나가다 보면, 나중에 유적 지를 답사할 때에는 작은 돌멩이 하나도 새롭게 느껴질 거예요.

선사 시대

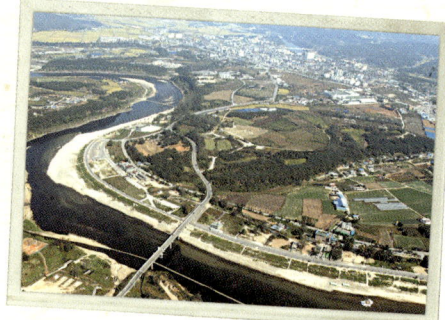

● 전곡리 선사 유적지 사적 제268호

주먹 도끼 등 구석기 시대의 유물들이 발견된 유적지예 요. 1978년에 미군인 보웬에 의해 우연히 발견되어 지금 까지 3,000점 이상의 석기가 출토되었어요.

| 위치-경기도 연천군 전곡면 전곡리 178-1 |

삼국 시대

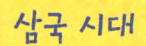

● 아차산성 사적 제234호

삼국 시대 고구려, 백제, 신라의 치열한 다툼이 있던 장소예요. 백제가 고구려를 막기 위해 쌓은 산성으로, 평강 공주와 온달 장군의 사랑이 전해 내려오고 있어요.

| 위치-서울특별시 광진구 광장동 산 16-46, 구의동 산 1-2 |

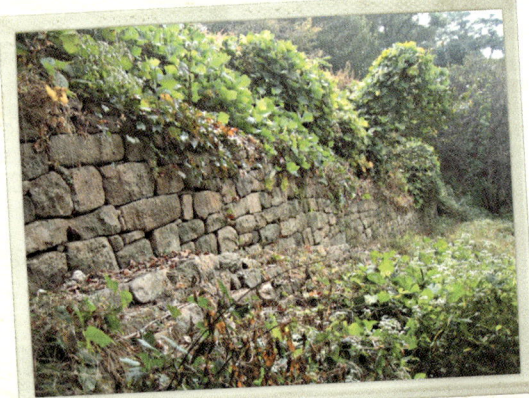

• 미륵사지 사적 제150호

미륵산 기슭에 남아 있는 백제 시대의 미륵사
절터예요. 백제 무왕이 사자사로 향하고 있을
때 큰 연못 속에서 미륵삼존불이 나타나서 이곳
에 절을 세웠대요. 지금은 대부분 파손되었지
만, 가장 오래된 석탑인 미륵사지 석탑이 남아
있어요.

| 위치 – 전라북도 익산시 금마면 기양리 32-2 |

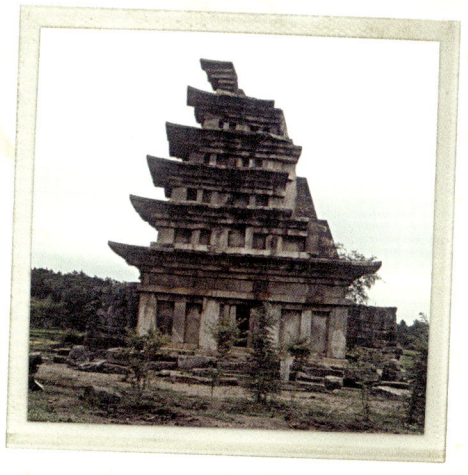

• 남악 서원 경남 문화재 자료 제12호

신라 김유신 장군이 삼국 통일을 이루기 위
해 전략적 요지를 찾다가 이곳 금산 아래
에서 신령의 도움을 받아 공을 세웠다고
해요. 현재 김유신, 최치원의 영정과 위패
를 모시고 있어요.

| 위치 – 경남 진주시 금곡면 죽곡리 817-1 |

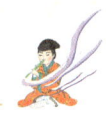

통일 신라 시대

• 경순왕릉 사적 제244호

통일 신라 마지막 왕인 경순왕의 무덤이에
요. 전쟁으로 인해 백성이 많은 피해를 입
자 평화적으로 신라를 고려에 넘겨주고 왕
위에서 물러났지요. 신라 왕릉 중 유일하게
경주 지역을 벗어나 경기도에 있어요.

| 위치 – 경기 연천군 백학면 고랑포리 산 18-2 |

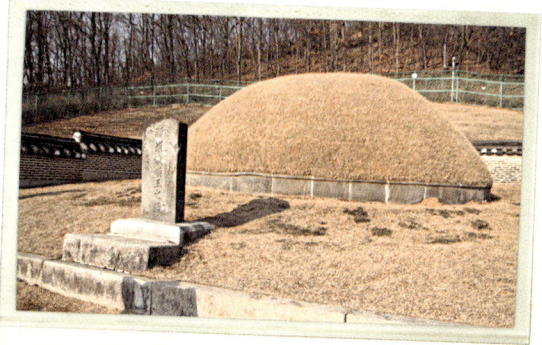

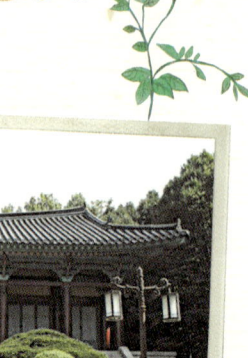

• 낙성대 서울 유형문화재 제4호

고려 시대에 거란군을 물리친 명장 강감찬 장군이 태어난 곳이에요. 장군이 태어날 때 이곳으로 별이 떨어졌다 하여 낙성대라 하였어요.

| 위치 – 서울시 관악구 봉천동 산 48 |

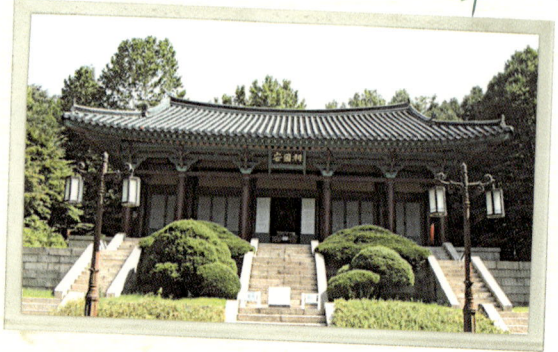

• 고려 궁터 사적 제133호

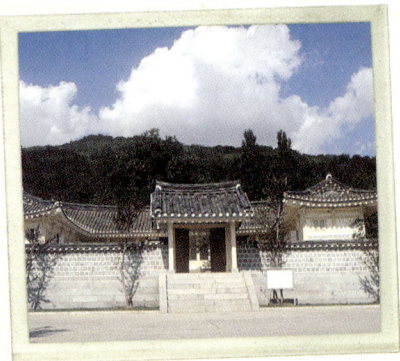

760여 년 전 몽고의 침입을 막기 위해 고려 왕조가 강화도로 피난했을 당시 임금이 거처했던 궁궐이에요. 이곳에서 약 38년간 몽고에 항쟁하였어요.

| 위치 – 인천광역시 강화군 강화읍 관청리 743-1 |

• 숭의전 사적 제223호

조선 시대에 고려 태조와 혜종·정종·광종·경종·성종·목종·현종의 일곱 왕을 제사 지내던 사당이에요. 또한 고려 시대의 충신 정몽주를 포함한 열다섯 사람을 함께 제사 지내고 있답니다.

| 위치 – 경기도 연천군 미산면 아미리 7 |

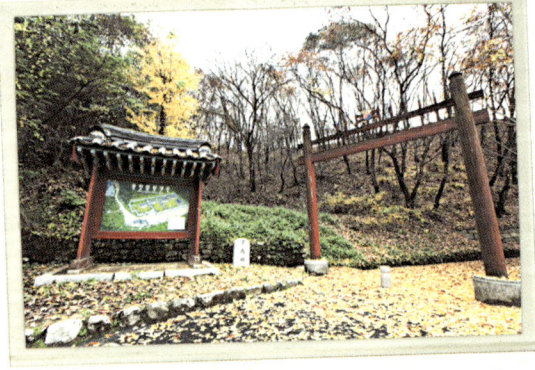

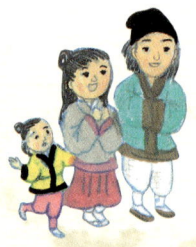

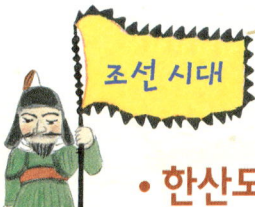

조선 시대

• 한산도

임진왜란 당시 이순신 장군이 우리 수군을 이끌고 왜적들에게 큰 승리를 거둔 한산 대첩이 펼쳐진 곳이에요. 진주 대첩, 행주 대첩과 함께 임진왜란의 3대 대첩의 하나로 역사에 기록되었지요.

│ 위치 – 경남 통영시 한산면 한산도 │

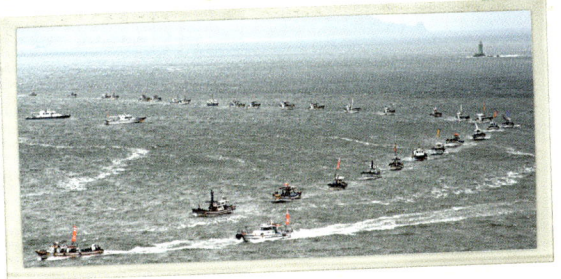

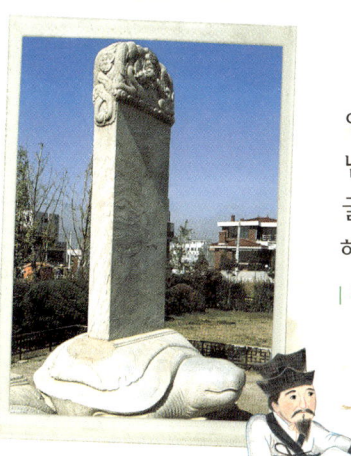

• 삼전도비 사적 제101호

인조 때에 청나라가 쳐들어와 병자호란이 일어났어요. 인조는 남한산성에서 싸웠지만, 청나라의 위협을 감당할 수 없어 끝내 굴복하고 말았지요. 이때 청나라의 태종이 자신의 공덕을 자랑하려고 이 굴욕적인 사실을 비석에 새겨 적게 했답니다.

│ 위치 – 서울 송파구 잠실동 47 │

다시 생각하고 싶지 않은 정말 치욕스러웠던 과거란다.

• 옛 러시아 공사관 사적 제253호

고종 때 건축된 건물로 '아관'이라 부르기도 했어요. 일본에게 신변의 위협을 느낀 고종이 세자와 함께 이곳으로 피신해 와서 머물렀는데, 이를 '아관 파천'이라 해요. 이를 계기로 친일 개화파 정권이 무너지고 친러시아파가 정권을 장악했답니다.

│ 위치 – 서울시 중구 정동 15-1 │

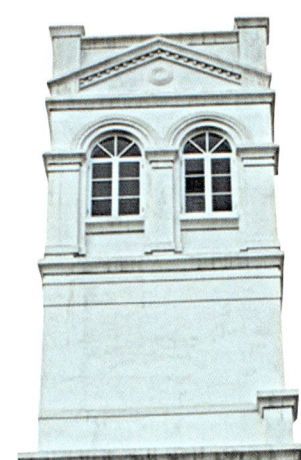

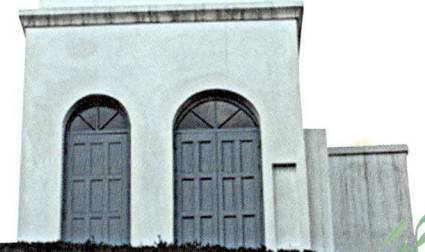

〈오십 빛깔 우리 것 우리 얘기〉 시리즈
권별 교과 연계표

國 국어 사 사회 과 과학 도 도덕 음 음악 미 미술

체 체육 실 실과 바 바른 생활 슬 슬기로운 생활 즐 즐거운 생활

오십 빛깔 우리 것 우리 얘기 5

꼭 가 보고 싶은 역사 유적지

초판 1쇄 인쇄 | 2010년 11월 10일
초판 1쇄 발행 | 2010년 11월 15일

글쓴이 | 우리누리
그린이 | 서선미

발행인 | 김상규
본부장 | 신수진
책임 편집 | 박경화
편집 | 최은정, 이정은, 한명민
마케팅 | 공태훈, 최승철, 한진아, 김혜원

디자인 | SU
인쇄 | 자윤프린팅

발행처 | 중앙북스
등록 | 2007년 2월 13일 제 2-4561호
주소 | (100-732) 서울시 중구 순화동 2-6번지
편집문의 | (02)2000-6076
구입문의 | 1588-0950
팩스 | (02)2000-6174
홈페이지 | www.joongangbooks.co.kr

ⓒ 우리누리 2010

ISBN 978-89-278-0097-2 14800
       978-89-278-0092-7 14800(세트)